dtv

«Geh spazieren und sag mir in hundert Zeilen, was du gesehen hast» – mit dieser Anregung seines Lehrers Gustave Flaubert beginnt das Schriftstellerleben von Guy de Maupassant (1850–1893). Genaue Beobachtungen von Alltagsszenen und Dialoge, die so nah an der Wirklichkeit sind, dass sie fast schon wie Karikaturen wirken, gehören zu den größten Stärken dieses Meisters der Erzählkunst. Das Privateste und das Politischste, das untätige Leben des Reichen genau so wie die ausweglosen Tage des Armen, alles beschreibt Maupassant – den manche einen Realisten, manche einen Naturalisten nennen – exakt, witzig und immer auf der Seite der Verlierer. Das Fin de siècle erscheint in seinen Geschichten erschreckend aktuell.

In diesem Buch sind zwölf seiner besten Erzählungen versammelt – links der französische Originaltext, rechts die deutsche Übersetzung.

Guy de Maupassant
Garçon, un bock!
Herr Ober, ein Bier!

Zwölf Erzählungen

Auswahl und Übersetzung von
Marlies Müller-Bek und Ulrich Friedrich Müller

Deutscher Taschenbuch Verlag

dtv zweisprachig · Edition Langewiesche-Brandt
herausgegeben von Kristof Wachinger

Neuübersetzung
Erweiterte Neuausgabe Dezember 2001
Deutscher Taschenbuch Verlag GmbH & Co. KG, München
www.dtv.de

Umschlagkonzept: Balk & Brumshagen
Umschlagbild: Georges Seurat,
Ein Sonntag auf der Insel Grande-Jatte (1885)
Satz: Greiner & Reichel, Köln
Druck und Bindung: Kösel, Kempten
Gedruckt auf säurefreiem, chlorfrei gebleichtem Papier
ISBN 3-423-09411-7. Printed in Germany

Inhalt

Le gâteau

Disons qu'elle s'appelait Mme Anserre, pour qu'on ne découvre point son vrai nom.

C'était une de ces comètes parisiennes qui laissent comme une traînée de feu derrière elles. Elle faisait des vers et des nouvelles, avait le cœur poétique et était belle à ravir. Elle recevait peu, rien que des gens hors ligne, de ceux qu'on appelle communément les princes de quelque chose. Être reçu chez elle constituait un titre, un vrai titre d'intelligence; du moins on appréciait ainsi ses invitations.

Son mari jouait le rôle de satellite obscur. Être l'époux d'un astre n'est point chose aisée. Celui-là cependant avait eu une idée forte, celle de créer un État dans l'État, de posséder son mérite à lui, mérite de second ordre, il est vrai; mais enfin, de cette façon, les jours où sa femme recevait, il recevait aussi; il avait son public spécial qui l'appréciait, l'écoutait, lui prêtait plus d'attention qu'à son éclatante compagne.

Il s'était adonné à l'agriculture; à l'agriculture en chambre. Il y a comme cela des généraux en chambre, – tous ceux qui naissent, vivent et meurent sur les ronds de cuir du ministère de la guerre, ne le sont-ils pas? – des marins en chambre, – voir au ministère de la Marine, – des colonisateurs en chambre, etc., etc. Il avait donc étudié l'agriculture, mais il l'avait étudiée profondément, dans ses rapports avec les autres sciences, avec l'économie politique, avec les arts, – on met les arts à toutes les sauces, puisqu'on appelle bien «travaux d'art» les horribles ponts des chemins de fer. Enfin il était arrivé à ce qu'on dît de lui:

Der Kuchen

Nennen wir sie Madame Anserre, damit man ihren wahren Namen nicht erfährt.

Sie gehörte zu jenen Pariser Damen, die wie ein Komet auftauchen und einen feurigen Schweif hinter sich herziehen. Sie verfasste Verse und Novellen, hatte eine poetische Seele und war hinreißend schön. Sie empfing nur wenige, ganz außerordentliche Menschen, die man gewöhnlich die «Könige» von irgend etwas nennt. Bei ihr empfangen zu werden bedeutete einen Adelstitel, einen wahren Adelstitel der Intelligenz; jedenfalls wurden ihre Einladungen so gewertet.

Ihr Gatte spielte die Rolle des unbedeutenden Satelliten. Es ist nicht leicht, der Ehemann eines solchen Gestirns zu sein. Aber er hatte einen sehr guten Einfall gehabt. Er bildete einen Staat im Staate und hatte seine eigenen Verdienste, zweitrangige Verdienste zwar, aber immerhin: Wenn seine Frau empfing, empfing er auch; er hatte sein besonderes Publikum, das ihn schätzte, ihm zuhörte und ihm mehr Aufmerksamkeit schenkte als seiner strahlenden Gefährtin.

Er hatte sich der Landwirtschaft gewidmet, der Salonlandwirtschaft. Es gibt ja auch Salongenerale (oder zählen etwa nicht alle dazu, die auf den Stuhlkissen des Kriegsministeriums geboren werden, leben und sterben?), Salonseeleute (man schaue sich im Marineministerium um), Salonkolonisatoren usw. usw. Er hatte also die Landwirtschaft studiert, aber er hatte sie auch wirklich gründlich studiert, im Zusammenhang mit den anderen Naturwissenschaften, mit der Volkswirtschaft, mit der Kunst – man redet ja jetzt bei jeder Gelegenheit von Kunst, nennt sogar die abscheulich hässlichen Eisenbahnbrücken «Kunstbauten». Kurz und gut, er hatte erreicht, dass man von ihm sagte:

« C'est un homme fort. » On le citait dans les Revues techniques; sa femme avait obtenu qu'il fût nommé membre d'une commission au ministère de l'Agriculture.

Cette gloire modeste lui suffisait.

Sous prétexte de diminuer les frais, il invitait ses amis le jour où sa femme recevait les siens, de sorte qu'on se mêlait, ou plutôt non, on formait deux groupes. Madame, avec son escorte d'artistes, d'académiciens, de ministres, occupait une sorte de galerie, meublée et décorée dans le style Empire. Monsieur se retirait généralement avec ses laboureurs dans une pièce plus petite, servant de fumoir, et que Mme Anserre appelait ironiquement le salon de l'Agriculture.

Les deux camps étaient bien tranchés. Monsieur, sans jalousie, d'ailleurs, pénétrait quelquefois dans l'Académie, et des poignées de main cordiales étaient échangées; mais l'Académie dédaignait infiniment le salon de l'Agriculture, et il était rare qu'un des princes de la science, de la pensée ou d'autre chose se mêlât aux laboureurs.

Ces réceptions se faisaient sans frais; un thé, une brioche, voilà tout. Monsieur, dans les premiers temps, avait réclamé deux brioches, une pour l'Académie, une pour les laboureurs; mais Madame ayant justement observé que cette manière d'agir semblerait indiquer deux camps, deux réceptions, deux partis, Monsieur n'avait point insisté; de sorte qu'on ne servait qu'une seule brioche, dont Mme Anserre faisait d'abord les honneurs à l'Académie et qui passait ensuite dans le salon de l'Agriculture.

Or, cette brioche fut bientôt, pour l'Académie, un sujet d'observation des plus curieuses. Mme Anserre

«Das ist ein beschlagener Mann.» Man zitierte ihn in den Fachzeitschriften, und seine Frau hatte erwirkt, dass er zum Mitglied einer Kommission im Landwirtschaftsministerium ernannt wurde.

Dieser bescheidene Ruhm genügte ihm.

Unter dem Vorwand, Unkosten zu sparen, lud er seine Freunde auf denselben Tag, an dem seine Frau die ihren empfing, so dass man sich vermischte. Oder vielmehr nein, man bildete zwei Gruppen. Madame belegte mit ihrem Gefolge von Künstlern, Akademikern und Ministern eine Art Saal mit Empiremöbeln und -tapeten. Monsieur zog sich für gewöhnlich mit seinen Ackerbauern in einen kleineren Raum zurück, der als Rauchzimmer diente und den Madame Anserre ironisch den Landwirtschaftssalon nannte.

Die beiden Lager waren streng getrennt. Monsieur, ganz ohne Eifersucht übrigens, begab sich manchmal in die Akademie, bei welcher Gelegenheit dann herzliche Händedrücke getauscht wurden; die Akademie dagegen mied den Landwirtschaftssalon hoheitsvoll, nur ganz selten mengte sich ein König der Wissenschaft, des Geistes oder von irgend etwas sonst unter die Ackerbauer.

Diese Empfänge gingen ohne Aufwand vor sich; Tee, ein Napfkuchen – das war alles. Monsieur hatte im Anfang zwei Napfkuchen gefordert, einen für die Akademie und einen für die Ackerbauern. Da aber Madame sehr richtig bemerkt hatte, dass ein solches Verfahren scheinbar zwei Lager andeuten würde, zwei Empfänge, zwei Parteien, hatte Monsieur nicht darauf bestanden, so dass nur ein einziger Napfkuchen aufgetragen wurde, den Madame zunächst in der Akademie anbot und der anschließend in den Landwirtschaftssalon gebracht wurde.

Dieser Napfkuchen nun wurde bald für die Akademie ein ungemein fesselnder Gegenstand der Beobachtung. Madame

ne la découpait jamais elle-même. Ce rôle revenait toujours à l'un ou à l'autre des illustres invités. Cette fonction particulière, spécialement honorable et recherchée, durait plus ou moins longtemps pour chacun : tantôt trois mois, rarement plus ; et l'on remarqua que le privilège de « découper la brioche » semblait entraîner avec lui une foule d'autres supériorités ; une sorte de royauté ou plutôt de vice-royauté très accentuée.

Le découpeur régnant avait le verbe plus haut, un ton de commandement marqué ; et toutes les faveurs de la maîtresse de maison étaient pour lui, toutes.

On appelait ces heureux dans l'intimité, à mi-voix, derrière les portes, les « favoris de la brioche », et chaque changement de favori amenait dans l'Académie une sorte de révolution. Le couteau était un sceptre, la pâtisserie un emblème ; on félicitait les élus. Les laboureurs jamais ne découpaient la brioche. Monsieur lui-même était toujours exclu, bien qu'il en mangeât sa part.

La brioche fut successivement taillée par des poètes, par des peintres et des romanciers. Un grand musicien mesura les portions pendant quelque temps, un ambassadeur lui succéda. Quelquefois un homme moins connu, mais élégant et recherché, un de ceux qu'on appelle, suivant les époques, vrai gentleman, ou parfait cavalier, ou dandy, ou autrement, s'assit à son tour devant le gâteau symbolique. Chacun d'eux, pendant son règne éphémère, témoignait à l'époux une considération plus grande ; puis quand l'heure de sa chute était venue, il passait à un autre le couteau et se mêlait de nouveau dans la foule des suivants et admirateurs de la « belle Madame Anserre ».

Anserre schnitt ihn nie selbst an. Diese Aufgabe wurde immer dem einen oder anderen der berühmten Gäste übertragen. Diese besondere Aufgabe, ganz außerordentlich ehrenvoll und begehrt, verblieb jedem einzelnen mehr oder weniger lange: manchmal drei Monate, selten länger. Und man bemerkte, dass das Privileg, «den Kuchen anschneiden» zu dürfen, eine Fülle anderer Vorrechte im Gefolge hatte, eine Art sehr ausgeprägter Königs- oder vielmehr Vizekönigs- würde.

Der regierende Kuchenanschneider sprach lauter, mit betonter Befehlsstimme, und alle Gunstbezeigungen der Herrin des Hauses galten ihm, alle ohne Ausnahme.

Unter sich, mit leiser Stimme und hinter verschlossenen Türen, nannte man diese Glücklichen die «Napfkuchenfavoriten», und jeder Favoritenwechsel bedeutete in der Akademie eine Art Revolution. Das Messer war das Zepter, das Gebäck das Hoheitszeichen; die Auserwählten wurden beglückwünscht. Nie schnitt ein Ackerbauer den Napfkuchen an. Selbst Monsieur war stets ausgeschlossen, obwohl er seinen Teil davon aß.

Nacheinander wurde der Napfkuchen von Dichtern, Malern und Romanschriftstellern angeschnitten. Eine Zeitlang maß ein großer Musiker die Portionen, ein Botschafter löste ihn ab. Manchmal nahm auch ein weniger bekannter, aber gutaussehender und gewählt gekleideter Mann, einer von denen, die man je nach der Epoche einen echten Gentleman, einen vollendeten Kavalier, einen Dandy oder sonstwie nennt, vor dem symbolträchtigen Kuchen Platz. Jeder von ihnen erwies während seiner kurzen Regierungszeit dem Ehemann besondere Hochachtung, und wenn dann die Stunde seines Rücktritts gekommen war, reichte er das Messer einem anderen weiter und mischte sich von neuem unter die Schar der Gefolgsleute und Bewunderer der «schönen Madame Anserre».

Cet état de choses dura longtemps, longtemps; mais les comètes ne brillent pas toujours du même éclat. Tout vieillit par le monde. On eût dit, peu à peu, que l'empressement des découpeurs s'affaiblissait; ils semblaient hésiter parfois, quand on leur tendait le plat; cette charge jadis tant enviée devenait moins sollicitée; on la conservait moins longtemps; on en paraissait moins fier. Mme Anserre prodiguait les sourires et les amabilités; hélas ! on ne coupait plus volontiers. Les nouveaux venus semblaient s'y refuser. Les « anciens favoris » reparurent un à un comme des princes détrônés qu'on replace un instant au pouvoir. Puis, les élus devinrent rares, tout à fait rares. Pendant un mois, ô prodige, M. Anserre ouvrit le gâteau; puis il eut l'air de s'en lasser; et l'on vit un soir Mme Anserre, la belle Mme Anserre, découper elle-même.

Mais cela paraissait l'ennuyer beaucoup; et le lendemain, elle insista si fort auprès d'un invité qu'il n'osa point refuser.

Le symbole était trop connu cependant; on se regardait en dessous avec des mines effarées, anxieuses. Couper la brioche n'était rien, mais les privilèges auxquels cette faveur avait toujours donné droit épouvantaient maintenant; aussi, dès que paraissait le plateau, les académiciens passaient pêlemêle dans le salon de l'Agriculture comme pour se mettre à l'abri derrière l'époux qui souriait sans cesse. Et quand Mme Anserre, anxieuse, se montrait sur la porte avec la brioche d'une main et le couteau de l'autre, tous semblaient se ranger autour de son mari comme pour lui demander protection.

Des années encore passèrent. Personne ne découpait plus; mais par suite d'une vieille habitude in-

Dieser Zustand währte lange, sehr lange; aber die Kometen leuchten nun einmal nicht immer im gleichen Glanz. Alles in der Welt wird älter. Nach und nach konnte man meinen, die Beflissenheit der Anschneider lasse nach. Gelegentlich schienen sie zu zögern, wenn ihnen der Teller gereicht wurde; das einst so beliebte Amt wurde weniger begehrt: man behielt es weniger lang und schien nicht mehr so stolz darauf zu sein. Madame Anserre wandte ihr schönstes Lächeln und alle Liebenswürdigkeit auf, aber ach: man schnitt nicht mehr so gerne an. Die Neuankömmlinge schienen es überhaupt abzulehnen. Die «ehemaligen Favoriten» traten einer nach dem anderen wieder auf, wie entthronte Fürsten, die noch einmal für kurze Zeit an die Macht kommen. Dann wurden die Auserwählten selten, sehr selten. Einen Monat lang, o Wunder, schnitt Monsieur Anserre den Kuchen an; aber er schien es bald müde zu werden, und man sah Madame Anserre es selber tun.

Doch das schien ihr sehr zu missfallen, und beim nächsten Mal bat sie einen der Gäste so dringend, dass er nicht abzulehnen wagte.

Das Symbol war aber zu bekannt; man warf sich mit bestürzten, ängstlichen Mienen vielsagende Blicke zu. Den Napfkuchen anzuschneiden war nicht schwer, aber die Privilegien, auf welche diese Gunst von jeher ein Anrecht gegeben hatte, schreckten jetzt ab; deshalb drängten sich die Akademiker, sowie der Teller erschien, in wildem Durcheinander in den Landwirtschaftssalon, als wollten sie sich hinter dem Ehemann verstecken, der unablässig lächelte. Und wenn Madame Anserre mit bangem Gesicht in der Tür erschien, den Napfkuchen in der einen und das Messer in der anderen Hand, schienen sich alle um ihren Gatten zu scharen, als suchten sie Schutz bei ihm.

Weitere Jahre gingen dahin. Niemand schnitt mehr an, aber aus eingefleischter alter Gewohnheit ließ die «schöne

vétérée, celle qu'on appelait toujours galamment la «belle Mme Anserre» cherchait de l'œil, à chaque soirée, un dévoué qui prît le couteau, et chaque fois le même mouvement se produisait autour d'elle: une fuite générale, habile, pleine de manœuvres combinées et savantes, pour éviter l'offre qui lui venait aux lèvres.

Or, voilà qu'un soir on présenta chez elle un tout jeune homme, un innocent et un ignorant. Il ne connaissait pas le mystère de la brioche; aussi lorsque parut le gâteau, lorsque chacun s'enfuit, lorsque Mme Anserre prit des mains du valet le plateau et la pâtisserie, il resta tranquillement près d'elle.

Elle crut peut-être qu'il savait; elle sourit, et, d'une voix émue:

– Voulez-vous, cher monsieur, être assez aimable pour découper cette brioche?

Il s'empressa, ôta ses gants, ravi de l'honneur.

– Mais comment donc, Madame, avec le plus grand plaisir.

Au loin, dans les coins de la galerie, dans l'encadrement de la porte ouverte sur le salon des laboureurs, des têtes stupéfaites regardaient. Puis, lorsqu'on vit que le nouveau venu découpait sans hésitation, on se rapprocha vivement.

Un vieux poète plaisant frappa sur l'épaule du néophyte:

– Bravo! jeune homme, lui dit-il à l'oreille.

On le considérait curieusement. L'époux lui-même parut surpris. Quant au jeune homme, il s'étonnait de la considération qu'on semblait soudain lui montrer, il ne comprenait point surtout les gracieusetés marquées, la faveur évidente et l'espèce de reconnaissance muette que lui témoignait la maîtresse de la maison.

Madame Anserre», wie man sie immer noch höflich nannte, jeden Abend ihren Blick herumgehen, um einen Opferwilligen zu finden, der das Messer nähme, und jedesmal entstand die gleiche Bewegung um sie herum: eine allgemeine, vorsichtige Flucht, voll einfallsreicher und kluger Manöver, um dem Angebot zu entgehen, das ihr auf der Zunge lag.

Da wurde eines Abends ein ganz junger Mann bei ihr eingeführt, ein Unschuldiger und Unwissender. Er kannte das Geheimnis des Napfkuchens nicht; deshalb blieb er, als der Kuchen erschien, als alle flohen und Madame Anserre aus den Händen des Dieners den Teller und das Gebäck entgegennahm, seelenruhig in ihrer Nähe.

Vielleicht glaubte sie, er wisse bescheid; sie lächelte und sagte mit bewegter Stimme:

«Wollen Sie, mein lieber Herr, wohl so freundlich sein und diesen Napfkuchen anschneiden?»

Er war sehr beflissen und legte seine Handschuhe ab, hocherfreut über die Ehre.

«Aber selbstverständlich, Madame, mit dem größten Vergnügen.»

Aus der Ferne, aus den Ecken des Saales und aus dem Rahmen der zum Landwirtschaftssalon hin offenen Tür blickten erstaunte Gesichter. Sodann, als man sah, dass der Neuling sich ohne Zögern ans Anschneiden machte, traten alle eilig herzu.

Ein alter, spaßiger Dichter schlug dem Neuen auf die Schulter:

«Bravo, junger Mann!» flüsterte er ihm ins Ohr.

Man betrachtete ihn neugierig. Selbst der Gatte schien überrascht. Der junge Mann dagegen war erstaunt über die Beachtung, die man ihm so plötzlich zu zeigen schien, und verstand vor allem nicht die huldreichen Gesten, die offensichtliche Gunst und die stille Dankbarkeit, die ihm die Herrin des Hauses erwies.

Il paraît cependant qu'il finit par comprendre.

À quel moment, en quel lieu la révélation lui fut-elle faite? On l'ignore; mais quand il reparut à la soirée suivante, il avait l'air préoccupé, presque honteux, et regardait avec inquiétude autour de lui. L'heure du thé sonna. Le valet parut. Mme Anserre, souriante, saisit le plat, chercha des yeux son jeune ami; mais il avait fui si vite qu'il n'était déjà plus là. Alors elle partit à sa recherche et le retrouva bientôt tout au fond du salon des «laboureurs». Lui, le bras passé sous le bras du mari, le consultait avec angoisse sur les moyens employés pour la destruction du phylloxéra.

– Mon cher monsieur, lui dit-elle, voulez-vous être assez aimable pour me découper cette brioche?

Il rougit jusqu'aux oreilles, balbutia, perdant la tête. Alors M. Anserre eut pitié de lui et, se tournant vers sa femme:

– Ma chère amie, tu serais bien aimable de ne point nous déranger: nous causons agriculture. Fais-la donc couper par Baptiste, ta brioche.

Et personne depuis ce jour ne coupa plus jamais la brioche de Mme Anserre.

Es scheint aber, als habe er schließlich verstanden.

In welchem Augenblick, an welchem Ort wurde ihm diese Erkenntnis zuteil? Man weiß es nicht. Als er am folgenden Einladungsabend wieder erschien, machte er jedenfalls einen bedrückten, fast beschämten Eindruck und blickte unruhig umher. Die Teestunde schlug. Der Diener erschien. Lächelnd nahm Madame Anserre den Teller und blickte sich nach ihrem jungen Freunde um. Er aber hatte so schnell die Flucht ergriffen, dass er schon verschwunden war. Da machte sie sich auf die Suche und fand ihn bald ganz hinten im Salon der «Ackerbauer». Er hatte den Ehemann untergefasst und erkundigte sich mit großer Eindringlichkeit bei ihm nach den Mitteln, die zur Reblausbekämpfung angewendet werden.

«Mein lieber Herr», sprach sie zu ihm, «wären Sie wohl so freundlich, mir diesen Napfkuchen anzuschneiden?»

Er errötete bis über die Ohren, stammelte, verlor den Kopf. Da erbarmte sich Monsieur Anserre seiner und sagte, indem er sich seiner Frau zuwandte:

«Meine Liebe, sei so gut und störe uns jetzt nicht; wir sprechen über landwirtschaftliche Fragen. Lass ihn doch von Baptiste anschneiden, deinen Kuchen.»

Seit diesem Tage schnitt ihn niemand mehr an, den Napfkuchen der Madame Anserre.

La relique

MONSIEUR L'ABBÉ LOUIS D'ENNEMARE, À SOISSONS.

Mon cher abbé,
Voici mon mariage avec ta cousine rompu, et de la façon la plus bête, pour une mauvaise plaisanterie que j'ai faite presque involontairement à ma fiancée.

J'ai recours à toi, mon vieux camarade, dans l'embarras où je me trouve; car tu peux me tirer d'affaire. Je t'en serai reconnaissant jusqu'à la mort.

Tu connais Gilberte, ou plutôt tu crois la connaître; mais connaît-on jamais les femmes? Toutes leurs opinions, leurs croyances, leurs idées sont à surprises. Tout cela est plein de détours, de retours, d'imprévu, de raisonnements insaisissables, de logique à rebours, d'entêtements qui semblent définitifs et qui cèdent parce qu'un petit oiseau est venu se poser sur le bord d'une fenêtre.

Je n'ai pas à t'apprendre que ta cousine est religieuse à l'extrême, élevée par les Dames blanches ou noires de Nancy.

Cela, tu le sais mieux que moi. Ce que tu ignores, sans doute, c'est qu'elle est exaltée en tout comme en dévotion. Sa tête s'envole à la façon d'une feuille cabriolant dans le vent; et elle est femme, ou plutôt jeune fille, plus qu'aucune autre, tout de suite attendrie ou fâchée, partant au galop pour l'affection comme pour la haine, et revenant de la même façon; et jolie ... comme tu sais; et charmeuse plus qu'on ne peut dire ... et comme tu ne sauras jamais.

Die Reliquie

AN HERRN ABBÉ LOUIS D'ENNEMARE IN SOISSONS

Mein lieber Abbé,
Nun kommt meine Heirat mit Deiner Kusine tatsächlich nicht zustande, und zwar auf die törichteste Weise wegen eines Dummejungenstreichs, den ich meiner Braut fast unfreiwillig gespielt habe.

In der Verlegenheit, in der ich mich befinde, suche ich Zuflucht bei Dir, meinem alten Gefährten; denn Du kannst mir aus der Klemme helfen. Ich werde Dir dafür bis an mein Lebensende dankbar sein.

Du kennst Gilberte oder vielmehr: du glaubst sie zu kennen – kennt man die Frauen denn jemals? Alle ihre Ansichten, ihre Vorstellungen, ihre Ideen haben etwas Überraschendes. Da ist alles voller Umwege und Rückwege, Unvorhersehbarkeiten, nicht nachzuvollziehenden Gedankengängen, schiefer Logik, Starrköpfigkeiten, die unüberwindbar zu sein scheinen und doch vergehen, nur weil ein Vögelchen aufs Fensterbrett geflogen kommt.

Ich brauche Dir nicht zu sagen, dass Deine Kusine, von den Weißen oder Schwarzen Fräulein in Nancy aufgezogen, äußerst fromm ist.

Das weißt Du besser als ich. Dagegen weißt Du sicher nicht, dass sie in allem so überschwenglich ist wie in ihrer Frömmigkeit. Ihr Kopf lässt sich hinreißen wie ein Blatt, das im Winde wirbelt; sie ist mehr Frau oder vielmehr Mädchen als jede andere, sofort gerührt oder erzürnt, im Galopp zum Lieben wie zum Hassen durchgehend und ebenso davon wieder ablassend; und hübsch … wie Du weißt; und betörend, mehr als man beschreiben kann … und wie Du es nie wissen wirst.

Donc, nous étions fiancés; je l'adorais comme je l'adore encore. Elle semblait m'aimer.

Un soir je reçus une dépêche qui m'appelait à Cologne pour une consultation suivie peut-être d'une opération grave et difficile. Comme je devais partir le lendemain, je courus faire mes adieux à Gilberte et dire pourquoi je ne dînerais point chez mes futurs beaux-parents le mercredi, mais seulement le vendredi, jour de mon retour. Oh! prends garde aux vendredis; je t'assure qu'ils sont funestes!

Quand je parlai de mon départ, je vis une larme dans ses yeux; mais quand j'annonçai ma prochaine revenue, elle battit aussitôt des mains et s'écria: «Quel bonheur! vous me rapporterez quelque chose; presque rien, un simple souvenir, mais un souvenir choisi pour moi. Il faut découvrir ce qui me fera le plus de plaisir, entendez-vous? Je verrai si vous avez de l'imagination.»

Elle réfléchit quelques secondes, puis ajouta: «Je vous défends d'y mettre plus de vingt francs. Je veux être touchée par l'intention, par l'invention, Monsieur, non par le prix.» Puis, après un nouveau silence, elle dit à mi-voix, les yeux baissés: «Si cela ne vous coûte rien, comme argent, et si c'est bien ingénieux, bien délicat, je vous … je vous embrasserai.»

J'étais à Cologne le lendemain. Il s'agissait d'un accident affreux qui mettait au désespoir une famille entière. Une amputation était urgente. On me logea, on m'enferma presque; je ne vis que des gens en larmes qui m'assourdissaient; j'opérai un moribond qui faillit trépasser entre mes mains;

Also, wir waren verlobt; ich betete sie an und bete sie ja nach wie vor an. Sie schien mich zu lieben.

Eines Abends erhielt ich ein Telegramm, das mich nach Köln rief zu einer Konsultation, auf die unter Umständen eine gefährliche und schwierige Operation folgen würde. Da ich schon am folgenden Tag abfahren sollte, eilte ich zu Gilberte, um mich zu verabschieden und zu sagen, warum ich nicht am Mittwoch, sondern erst am Freitag, dem Tag meiner Rückkehr, bei meinen zukünftigen Schwiegereltern zum Abendessen käme. Oh je! Nimm Dich in acht vor den Freitagen; ich versichere Dir, sie bringen Unglück!

Als ich von meiner Abreise sprach, sah ich eine Träne in ihren Augen; doch als ich meine baldige Rückkehr ankündigte, klatschte sie gleich in die Hände und rief: «Wie schön! Da bringen Sie mir etwas mit, ein klitzekleines Geschenk, aber extra für mich ausgesucht. Sie müssen eben herausbekommen, was mir am meisten Freude macht, verstehen Sie? Ich werde ja sehen, ob Sie Phantasie haben.»

Sie bedachte sich einige Sekunden lang und setzte dann hinzu: «Ich verbiete Ihnen, mehr als zwanzig Franken auszugeben. Ich möchte mich von der Absicht rühren lassen, vom Einfall, Monsieur, nicht vom Preis.» Dann, nach einer weiteren Pause, sagte sie leise, mit gesenkten Augen: «Wenn es Sie gar kein Geld kostet, und wenn es ganz sinnreich, ganz liebevoll ist, dann werde ich Ihnen … einen Kuss geben.»

Am Tag darauf war ich in Köln. Es handelte sich um einen grässlichen Unfall, der eine ganze Familie in Verzweiflung versetzte. Eine Amputation war dringend angezeigt. Man beherbergte mich, schloss mich beinahe ein; ich sah nur in Tränen aufgelöste Menschen, die mir ständig in den Ohren lagen; ich operierte einen Todgeweihten, der mir beinahe

je restai deux nuits près de lui; puis, quand j'aperçus une chance de salut, je me fis conduire à la gare.

Or je m'étais trompé, j'avais une heure à perdre. J'errais par les rues en songeant encore à mon pauvre malade quand un individu m'aborda.

Je ne sais pas l'allemand; il ignorait le français; enfin je compris qu'il me proposait des reliques. Le souvenir de Gilberte me traversa le cœur; je connaissais sa dévotion fanatique. Voilà mon cadeau trouvé. Je suivis l'homme dans un magasin d'objets de sainteté, et je pris un «bétit morceau d'un os des once mille fierges.»

La prétendue relique était enfermée dans une charmante boîte en vieil argent qui décida mon choix.

Je mis l'objet dans ma poche et je montai dans mon wagon.

En rentrant chez moi, je voulus examiner de nouveau mon achat. Je le pris … La boîte s'était ouverte, la relique était perdue! J'eus beau fouiller ma poche, la retourner; le petit os, gros comme la moitié d'une épingle, avait disparu.

Je n'ai, tu le sais, mon cher abbé, qu'une foi moyenne; tu as la grandeur d'âme, l'amitié, de tolérer ma froideur, et de me laisser libre, attendant l'avenir, dis-tu; mais je suis absolument incrédule aux reliques des brocanteurs en piété; et tu partages mes doutes absolus à cet égard. Donc, la perte de cette parcelle de carcasse de mouton ne me désola point; et je me procurai sans peine un fragment analogue que je collai soigneusement dans l'intérieur de mon bijou.

Et j'allai chez ma fiancée.

unter den Händen gestorben wäre, ich blieb zwei Nächte bei ihm; erst als ich eine gewisse Hoffnung auf Durchkommen sah, ließ ich mich zum Bahnhof fahren.

Ich hatte mich geirrt, musste noch eine Stunde warten. Ich lief durch die Straßen und war in Gedanken bei meinem armen Patienten, als mich jemand ansprach.

Ich kann nicht Deutsch, er verstand kein Französisch. Endlich begriff ich, dass er mir Reliquien anbot. Die Erinnerung an Gilberte fuhr mir durchs Herz; ich kannte ja ihre glühende Frömmigkeit. Mein Geschenk war gefunden. Ich begleitete den Mann in einen Devotionalienladen und nahm «en klein Stück vunnenem Knoche von den eleftausend Jungfraue».

Die angebliche Reliquie war in ein entzückendes altes Silberdöschen eingeschlossen, das den Ausschlag für meine Entscheidung gab.

Ich steckte das Ding in die Tasche und nahm meinen Zug.

Beim Nachhausekommen wollte ich meinen Kauf noch einmal anschauen. Ich nahm ihn ... Das Döschen war aufgegangen, die Reliquie verloren! So genau ich meine Tasche durchsuchte und umkehrte: der Knochensplitter, so groß wie eine halbe Stecknadel, war verschwunden.

Ich bin, wie Du weißt, mein lieber Abbé, nur mittelmäßig fromm; Du bringst die Seelengröße und Freundschaft auf, meine Lauheit hinzunehmen und mir die Freiheit zu lassen, in der Hoffnung auf später, wie Du sagst. Ganz und gar ablehnend allerdings bin ich gegenüber den Reliquien, mit denen der Glaube zu Geld gemacht wird, und Du teilst meinen grundsätzlichen Zweifel in dieser Hinsicht. Der Verlust dieses Stückchens von einem Hammelknochen betrübte mich demnach durchaus nicht, und ich besorgte mir ohne Mühe einen ähnlichen Splitter, den ich sorgfältig in meinem Zierdöschen festklebte.

Ich begab mich zu meiner Braut.

Dès qu'elle me vit entrer, elle s'élança devant moi, anxieuse et souriante: «Qu'est-ce que vous m'avez rapporté?»

Je fis semblant d'avoir oublié; elle ne me crut pas. Je me laissai prier, supplier même; et, quand je la sentis éperdue de curiosité, je lui offris le saint médaillon. Elle demeura saisie de joie. «Une relique! Oh! une relique!» Et elle baisait passionnément la boîte. J'eus honte de ma supercherie.

Mais une inquiétude l'effleura, qui devint aussitôt une crainte horrible; et, me fixant au fond des yeux:

«Êtes-vous bien sûr qu'elle soit authentique?

– Absolument certain.

– Comment cela?»

J'étais pris. Avouer que j'avais acheté cet ossement à un marchand courant les rues, c'était me perdre. Que dire? Une idée folle me traversa l'esprit; je répondis à voix basse, d'un ton mystérieux:

«Je l'ai volée pour vous.»

Elle me contempla avec ses grands yeux émerveillés et ravis. «Oh! vous l'avez volée. Où ça? – Dans la cathédrale, dans la châsse même des onze mille vierges.» Son cœur battait; elle défaillait de bonheur; elle murmura:

«Oh! vous avez fait cela ... pour moi. Racontez ... dites-moi tout!»

C'était fini, je ne pouvais plus reculer. J'inventai une histoire fantastique avec des détails précis et surprenants. J'avais donné cent francs au gardien de l'édifice pour le visiter seul; la châsse était en réparation; mais je tombais juste à l'heure du déjeuner des ouvriers et du clergé; en enlevant un panneau que je recollai ensuite soigneusement, j'avais

Sowie sie mich eintreten sah, stürzte sie auf mich zu, erwartungsvoll lächelnd: «Was haben Sie mir mitgebracht?»

Ich tat, als hätte ich es vergessen; sie glaubte mir nicht. Ich ließ mich bitten, geradezu anflehen, und als ich merkte, dass sie vor Neugier schier von Sinnen war, überreichte ich ihr das heilige Medaillon. Sie konnte sich vor Freude nicht fassen. «Eine Reliquie! Oh! Eine Reliquie!» Sie küsste das Döschen überschwenglich. Ich schämte mich des Betrugs.

Doch sie wurde von einer Besorgnis angeweht, die sogleich zur schrecklichsten Furcht wurde, und indem sie mir tief in die Augen blickte, sagte sie:

«Sind Sie auch ganz sicher, dass sie echt ist?»

«Vollkommen sicher.»

«Und wieso?»

Ich sass in der Falle. Zugeben, dass ich das Knochenstück von einem Straßenhändler gekauft hatte, wäre mein Verderben gewesen. Was sollte ich sagen? Mir kam ein verrückter Einfall, und ich antwortete mit gedämpfter Stimme, in geheimnisvollem Ton:

«Ich habe sie für Sie gestohlen.»

Sie sah mich mit großen Augen entzückt, begeistert an. «Oh, gestohlen haben Sie sie. Und wo?» – «Im Dom, aus dem Schrein der elftausend Jungfrauen.» Ihr Herz pochte; sie verging fast vor Seligkeit; sie flüsterte:

«Oh! Das haben Sie getan ... für mich. Erzählen Sie ... Sagen Sie mir alles.»

Es war nichts mehr zu machen, es gab kein Zurück. Ich erdachte eine phantastische Geschichte mit genauen und überraschenden Einzelheiten. Ich hatte dem Wächter des Gebäudes hundert Franken gegeben, um es allein zu besichtigen; der Schrein wurde gerade instandgesetzt, aber ich kam eben zur Mittagszeit der Arbeiter und Priester. Indem ich ein Täfelchen anhob, das ich anschließend sorgfältig wieder anklebte, hatte

pu saisir un petit os (oh ! si petit) au milieu d'une quantité d'autres (je dis une quantité en songeant à ce que doivent produire les débris de onze mille squelettes de vierges). Puis je m'étais rendu chez un orfèvre et j'avais acheté un bijou digne de la relique.

Je n'étais pas fâché de lui faire savoir que le médaillon m'avait coûté cinq cents francs.

Mais elle ne songeait guère à cela; elle m'écoutait frémissante, en extase. Elle murmura : « Comme je vous aime ! » et se laissa tomber dans mes bras.

Remarque ceci : J'avais commis pour elle, un sacrilège. J'avais volé; j'avais violé une église, violé une châsse; violé et volé des reliques sacrées. Elle m'adorait pour cela; me trouvait tendre, parfait divin. Telle est la femme, mon cher abbé, toute la femme.

Pendant deux mois, je fus le plus admirable des fiancés. Elle avait organisé dans sa chambre une sorte de chapelle magnifique pour y placer cette parcelle de côtelette qui m'avait fait accomplir croyait-elle, ce divin crime d'amour; et elle s'exaltait là devant, soir et matin.

Je l'avais priée du secret, par crainte, disais-je, de me voir arrêté, condamné, livré à l'Allemagne. Elle m'avait tenu parole.

Or, voilà qu'au commencement de l'été, un désir fou lui vint de voir le lieu de mon exploit. Elle pria tant et si bien son père (sans lui avouer sa raison secrète) qu'il l'emmena à Cologne en me cachant cette excursion, selon le désir de sa fille.

Je n'ai pas besoin de te dire que je n'ai pas vu la cathédrale à l'intérieur. J'ignore où est le tombeau (s'il y a tombeau ?) des onze mille vierges. Il paraît que ce sépulcre est inabordable, hélas !

ich einen kleinen Knochen (oh! so winzig klein nur) herausziehen können aus einer Menge anderer (ich sagte «eine Menge» und dachte dabei, wieviel wohl die Überreste von elftausend Jungfrauenskeletten ausmachten). Dann war ich zu einem Juwelier gegangen und hatte ein Schmuckstück gekauft, das der Reliquie würdig war.

Ich hatte nichts dagegen, sie erfahren zu lassen, dass das Medaillon mich fünfhundert Franken gekostet hatte.

Aber das bedachte sie durchaus nicht; sie hörte mir bebend, geradezu verzückt zu. Sie flüsterte: «Wie ich Sie liebe!» und ließ sich in meine Arme sinken.

Bedenke: Ich hatte für sie ein Sakrileg begangen. Ich hatte gestohlen, eine Kirche geschändet, einen Schrein geschändet, heilige Reliquien geschändet, geraubt. Sie himmelte mich dafür an, fand mich zartfühlend, geradezu göttlich. Da hast Du das Weib, lieber Abbé, das Weib schlechthin.

Zwei Monate lang war ich der anbetungswürdigste Bräutigam. Sie hatte in ihrem Schlafzimmer eine Art prächtiger Kapelle aufgebaut, um dieses Rippensplitterchen dort auszustellen, für das ich, wie sie glaubte, dieses überirdische Verbrechen aus Liebe begangen hatte, und morgens und abends verrichtete sie davor inbrünstig ihre Andacht.

Ich hatte sie gebeten, das Geheimnis zu wahren, weil ich fürchtete, sagte ich, verhaftet, verurteilt und nach Deutschland ausgeliefert zu werden. Sie hatte Wort gehalten.

Und da musste sie nun im Frühsommer eine aberwitzige Lust ankommen, den Ort meiner Tat zu sehen! Sie bat ihren Vater so lange und so sehr (ohne den verborgenen Grund zu verraten), dass er mit ihr nach Köln fuhr und mir diesen Ausflug nach dem Wunsche seiner Tochter verheimlichte.

Ich brauche Dir nicht zu sagen, dass ich den Dom nicht von innen gesehen habe. Ich weiß nicht, wo sich das Grab (ist da überhaupt ein Grab?) der Elftausend Jungfrauen befindet. Es scheint, dass die Gruft unzugänglich ist – leider.

Je reçus, huit jours après, dix lignes me rendant ma parole; plus une lettre explicative du père, confident tardif.

À l'aspect de la châsse, elle avait compris soudain ma supercherie, mon mensonge et, en même temps, ma réelle innocence. Ayant demandé au gardien des reliques si aucun vol n'avait été commis, l'homme s'était mis à rire en démontrant l'impossibilité d'un semblable attentat.

Mais du moment que je n'avais pas fracturé un lieu sacré et plongé ma main profane au milieu de restes vénérables, je n'étais plus digne de ma blonde et délicate fiancée.

On me défendit l'entrée de la maison. J'eus beau prier, supplier, rien ne put attendrir la belle dévote.

Je fus malade de chagrin.

Or, la semaine dernière, sa cousine, qui est aussi la tienne, Mme d'Arville, me fit prier de la venir trouver.

Voici les conditions de mon pardon. Il faut que j'apporte une relique, une vraie, authentique, certifiée par Notre Saint-Père le Pape, d'une vierge et martyre quelconque.

Je deviens fou d'embarras et d'inquiétude.

J'irai à Rome s'il le faut. Mais je ne puis me présenter au Pape à l'improviste et lui raconter ma sotte aventure. Et puis je doute qu'on confie aux particuliers des reliques véritables.

Ne pourrais-tu me recommander à quelque monsignor, ou seulement à quelque prélat français, propriétaire de fragments d'une sainte? Toi-même, n'aurais-tu pas en tes collections le précieux objet réclamé?

Acht Tage später erhielt ich zehn Zeilen, die mich von meinem Wort entbanden, und gleichzeitig einen Brief des spät ins Vertrauen gezogenen Vaters.

Beim Anblick des Schreins war ihr schlagartig klar geworden, dass ich sie betrogen, dass ich gelogen hatte, freilich auch, dass ich in Wirklichkeit unschuldig war. Als sie den Bewacher der Reliquien gefragt hatte, ob kein Diebstahl vorgekommen sei, hatte der Mann gelacht und ihr die Unmöglichkeit eines solchen Anschlags vor Augen geführt.

Doch da ich nun nicht in einen heiligen Ort eingebrochen, nicht mit profaner Hand tief in verehrungswürdige sterbliche Überreste gegriffen hatte, war ich meiner holden, zarten Braut nicht mehr würdig.

Man verwehrte mir den Zutritt zum Haus. Ich mochte noch so sehr bitten und betteln; nichts konnte die fromme Schöne erweichen.

Ich war ganz krank vor Kummer.

Letzte Woche nun hat ihre Kusine, die auch Deine Kusine ist, Frau d'Arville, mich zu sich gebeten.

Und dies ist die Bedingung für meine Begnadigung: Ich muss eine Reliquie bringen, eine echte, deren Echtheit durch unseren Heiligen Vater, den Papst, bestätigt ist, von irgendeiner Märtyrerjungfrau.

Ich werde noch verrückt vor Ratlosigkeit und Sorge.

Wenn es sein muss, fahre ich nach Rom. Aber ich kann doch nicht einfach so vor den Papst hintreten und ihm mein törichtes Abenteuer erzählen. Außerdem bezweifle ich, dass man Privatpersonen echte Reliquien anvertraut.

Könntest du mich nicht an irgendeinen Monsignore empfehlen, oder auch nur an einen französischen Prälaten, der über die Bruchstücke einer Heiligen verfügt? Oder hast vielleicht Du selber in Deinen Sammlungen den geforderten Wertgegenstand?

Sauve-moi, mon cher abbé, et je te promets de me convertir dix ans plus tôt !

Mme d'Arville, qui prend la chose au sérieux, m'a dit : « Cette pauvre Gilberte ne se mariera jamais. »

Mon bon camarade, laisseras-tu ta cousine mourir victime d'une stupide fumisterie ? Je t'en supplie, fais qu'elle ne soit pas la onze mille et unième.

Pardonne, je suis indigne ; mais je t'embrasse et je t'aime de tout cœur.

Ton vieil ami,

Henri Pontal.

Rette mich, lieber Abbé, und ich verspreche Dir, mich zehn Jahre früher zum Glauben zu bekehren.

Frau d'Arville sieht die Sache ernst; sie hat zu mir gesagt: «Die arme Gilberte wird nie heiraten.»

Mein lieber Gefährte, willst Du Deine Kusine etwa als Opfer einer dummen Aufschneiderei sterben lassen? Ich bitte Dich, sorge dafür, dass sie nicht die elftausendunderste wird.

Vergib mir, ich bin unwürdig; aber ich umarme Dich und liebe Dich von ganzem Herzen.

Dein alter Freund

Henri Pontal

Le testament

Je connaissais ce grand garçon qui s'appelait René de Bourneval. Il était de commerce aimable, bien qu'un peu triste, semblait revenu de tout, fort sceptique, d'un scepticisme précis et mordant, habile surtout à désarticuler d'un mot les hypocrisies mondaines. Il répétait souvent: «Il n'y a pas d'hommes honnêtes; ou du moins ils ne le sont que relativement aux crapules.»

Il avait deux frères qu'il ne voyait point, MM. de Courcils. Je le croyais d'un autre lit, vu leurs noms différents. On m'avait dit à plusieurs reprises qu'une histoire étrange s'était passée en cette famille, mais sans donner aucun détail.

Cet homme me plaisant tout à fait, nous fûmes bientôt liés. Un soir, comme j'avais dîné chez lui en tête à tête, je lui demandai par hasard: «Êtes-vous né du premier ou du second mariage de madame votre mère?» Je le vis pâlir un peu, puis rougir; et il demeura quelques secondes sans parler, visiblement embarrassé. Puis il sourit d'une façon mélancolique et douce qui lui était particulière, et il dit: «Mon cher ami, si cela ne vous ennuie point, je vais vous donner sur mon origine des détails bien singuliers. Je vous sais un homme intelligent, je ne crains donc pas que votre amitié en souffre, et si elle en devait souffrir, je ne tiendrais plus alors à vous avoir pour ami.»

Ma mère, Mme de Courcils, était une pauvre petite femme timide, que son mari avait épousée pour sa fortune. Toute sa vie fut un martyre. D'âme aimante, craintive, délicate, elle fut rudoyée sans répit par ce-

Das Testament

Ich kannte den hoch aufgeschossenen jungen Mann, René de Bourneval. Er hatte ein angenehmes, wenn auch ein wenig schwermütiges Wesen und wirkte über alles erhaben, sehr skeptisch, von einer präzisen und beißenden Skepsis, die vor allem dafür gut war, mit einem Wort eine gesellschaftliche Scheinheiligkeit zu zerfetzen. Oft sagte er: «Es gibt keine anständigen Männer, allenfalls im Vergleich mit den Schuften.»

Er hatte zwei Brüder, mit denen er nicht verkehrte, die Herren de Courcils. Wegen der Namensverschiedenheit nahm ich an, sie entstammten verschiedenen Ehen. Man hatte mir mehrmals gesagt, ohne mir Einzelheiten mitzuteilen, es habe sich in dieser Familie ein seltsamer Vorfall zugetragen.

Da mir der Mann wirklich gut gefiel, waren wir bald enger verbunden. Eines Abends, als ich unter vier Augen mit ihm zu Abend gegessen hatte, fragte ich ihn beiläufig: «Stammen Sie aus der ersten oder zweiten Ehe Ihrer Frau Mutter?» Ich sah, wie er etwas blass, dann rot wurde; ein paar Sekunden lang sagte er nichts, war sichtlich verlegen. Dann lächelte er so melancholisch und sanft, wie es seine Art war, und sagte: «Mein lieber Freund, wenn es Ihnen nichts ausmacht, will ich Ihnen über mein Herkommen sehr merkwürdige Aufschlüsse geben. Ich weiß, Sie sind ein einsichtiger Mensch, fürchte also nicht, dass unsere Freundschaft darunter leidet – und sollte sie doch leiden, so wäre mir nicht mehr daran gelegen, Sie zum Freunde zu haben.»

Meine Mutter, Frau de Courcils, war ein armes schüchternes Frauchen; ihr Mann hatte sie wegen ihres Vermögens geheiratet. Ihr Leben war ein einziges Martyrium. Die liebevolle, ängstliche, zarte Seele wurde ohne Unterlass angeschnauzt

lui qui aurait dû être mon père, un de ces rustres qu'on appelle des gentilshommes campagnards. Au bout d'un mois de mariage, il vivait avec une servante. Il eut en outre pour maîtresses les femmes et les filles de ses fermiers; ce qui ne l'empêcha point d'avoir deux enfants de sa femme; on devrait compter trois, en me comprenant. Ma mère ne disait rien; elle vivait dans cette maison toujours bruyante comme ces petites souris qui glissent sous les meubles. Effacée, disparue, frémissante, elle regardait les gens de ses yeux inquiets et clairs, toujours mobiles, des yeux d'être effaré que la peur ne quitte pas. Elle était jolie pourtant, fort jolie, toute blonde d'un blond gris, d'un blond timide; comme si ses cheveux avaient été un peu décolorés par ses craintes incessantes.

Parmi les amis de M. de Courcils qui venaient constamment au château, se trouvait un ancien officier de cavalerie, veuf, homme redouté, tendre et violent, capable des résolutions les plus énergiques, M. de Bourneval, dont je porte le nom. C'était un grand gaillard maigre, avec de grosses moustaches noires. Je lui ressemble beaucoup. Cet homme avait lu, et ne pensait nullement comme ceux de sa classe. Son arrière-grand'mère avait été une amie de J.-J. Rousseau, et on eût dit qu'il avait hérité quelque chose de cette liaison d'une ancêtre. Il savait par cœur le *Contrat social*, la *Nouvelle Héloïse* et tous ces livres philosophants qui ont préparé de loin le futur bouleversement de nos antiques usages, de nos préjugés, de nos lois surannées, de notre morale imbécile.

Il aima ma mère, paraît-il, et en fut aimé. Cette liaison demeura tellement secrète que personne ne la soupçonna. La pauvre femme, délaissée et triste, dut s'attacher à lui d'une façon désespérée, et prendre

von dem, der mein Vater hätte sein sollen, einem der Grobiane, die man «Landedelleute» nennt. Nach einem Monat Ehe lebte er mit einer Dienstmagd zusammen. Außerdem holte er sich die Weiber und Töchter seiner Pächter ins Bett, was ihn nicht hinderte, von seiner Frau zwei Kinder zu haben, mich eingerechnet wären es drei. Meine Mutter sagte nichts; sie lebte in diesem ständig lärmerfüllten Haus wie die kleinen Mäuse, die unter den Möbeln herumhuschen. Unauffällig, unbemerkt, zitternd betrachtete sie die Menschen aus ihren unruhigen, hellen, stets in Bewegung befindlichen Augen, den Augen eines scheuen Wesens, das sich nie von seiner Angst freimachen kann. Dabei war sie hübsch, sehr hübsch sogar, hellblond, aschblond, unscheinbar blond, als sei ihr Haar von ihrer ständigen Furcht ein wenig gebleicht worden.

Unter den Freunden des Herrn de Courcils, die regelmäßig aufs Schloss kamen, war ein verwitweter Kavallerieoffizier a. D., ein gefürchteter Mann, empfindlich und schroff, der nachdrücklichsten Entschlüsse fähig, Herr de Bourneval, dessen Namen ich trage. Er war ein großer hagerer Mensch mit einem dicken schwarzen Schnurrbart. Ich sehe ihm sehr ähnlich. Dieser Mann war belesen und hatte durchaus andere Ansichten als die Leute seiner Klasse. Seine Urgroßmutter war mit Jean-Jacques Rousseau befreundet gewesen, und man hätte meinen können, er habe etwas aus dieser Beziehung seiner Vorfahrin geerbt. Er kannte den *Gesellschaftsvertrag*, die *Neue Heloise* und all die philosophierenden Werke, die weit im voraus der künftigen Umwälzung unserer althergebrachten Sitten, Vorurteile, überholten Gesetze und törichten Moral den Weg bereitet haben.

Wie es scheint, liebte er meine Mutter und wurde von ihr geliebt. Diese Verbindung blieb so geheim, dass niemand sie auch nur vermutete. Die arme, vereinsamte, betrübte Frau muss sich geradezu verzweifelt an ihn geklammert, im Um-

dans son commerce toutes ses manières de penser, des théories de libre sentiment, des audaces d'amour indépendant; mais, comme elle était si craintive qu'elle n'osait jamais parler haut, tout cela fut refoulé, condensé, pressé en son cœur qui ne s'ouvrit jamais.

Mes deux frères étaient durs pour elle, comme leur père, ne la caressaient point, et, habitués à ne la voir compter pour rien dans la maison, la traitaient un peu comme une bonne.

Je fus le seul de ses fils qui l'aimât vraiment et qu'elle aimât.

Elle mourut. J'avais alors dix-huit ans. Je dois ajouter, pour que vous compreniez ce qui va suivre, que son mari était doté d'un conseil judiciaire, qu'une séparation de biens avait été prononcée au profit de ma mère, qui avait conservé, grâce aux artifices de la loi et au dévouement intelligent d'un notaire, le droit de tester à sa guise.

Nous fûmes donc prévenus qu'un testament existait chez ce notaire, et invités à assister à la lecture.

Je me rappelle cela comme d'hier. Ce fut une scène grandiose, dramatique, burlesque, surprenante, amenée par la révolte posthume de cette morte, par ce cri de liberté, cette revendication du fond de la tombe de cette martyre écrasée par nos mœurs durant sa vie, et qui jetait, de son cercueil clos, un appel désespéré vers l'indépendance.

Celui qui se croyait mon père, un gros homme sanguin éveillant l'idée d'un boucher, et mes frères, deux forts garcons de vingt et de vingt-deux ans, attendaient tranquilles sur leurs sièges. M. de Bourneval, invité à se présenter, entra et se placa derrière

gang mit ihm alle seine Vorstellungen und Theorien von der Freiheit der Gefühle, von der Kühnheit ungebundener Liebe übernommen haben; da sie aber so ängstlich war, dass sie niemals auch nur laut zu sprechen wagte, wurde das alles weggedrängt, konzentriert, in ihr Herz gedrückt, das sich niemals öffnete.

Meine beiden Brüder gingen hart mit ihr um wie ihr Vater, gönnten ihr kein liebevolles Wort, und da sie gewöhnt waren, dass sie im Hause für nichts zählte, behandelten sie sie eher wie ein Dienstmädchen.

Ich war der einzige ihrer Söhne, der sie wirklich liebte und von ihr geliebt wurde.

Sie starb, als ich achtzehn Jahre alt war. Damit Sie das Folgende verstehen, muss ich hinzufügen, dass ihr Ehemann einen Vermögensvormund hatte und dass Gütertrennung angeordnet war im Interesse meiner Mutter, die dank juristischer Vorkehrungen und der klugen Hilfsbereitschaft eines Notars das Recht behalten hatte, nach Gutdünken zu testieren.

Wir erfuhren also, dass ein Testament bei diesem Notar vorliege, und wir wurden zur Eröffnung geladen.

Ich erinnere mich, als wäre es gestern gewesen. Es war ein großartiger, dramatischer, burlesker, überraschender Auftritt, zustande gekommen durch die postume Auflehnung dieser toten Frau, durch diesen Schrei der Freiheit, diesen Appell aus dem Grabe einer Märtyrerin, die von unseren Sitten zeitlebens erdrückt worden war und nun aus dem geschlossenen Sarg einen verzweifelten Ruf nach Selbständigkeit ertönen ließ.

Der Mann, der sich für meinen Vater hielt, ein schwerer, vollblütiger Mensch, bei dessen Anblick man an einen Metzger dachte, und meine Brüder, zwei kräftige junge Männer von zwanzig und zweiundzwanzig, warteten geduldig auf ihren Stühlen. Herr de Bourneval, der auch geladen war,

moi. Il était serré dans sa redingote, fort pâle, et il mordillait souvent sa moustache, un peu grise à présent. Il s'attendait sans doute à ce qui allait se passer.

Le notaire ferma la porte à double tour et commença la lecture, après avoir décacheté devant nous l'enveloppe scellée à la cire rouge et dont il ignorait le contenu.

Brusquement mon ami se tut, se leva, puis il alla prendre dans son secrétaire un vieux papier, le déplia, le baisa longuement, et il reprit: Voici le testament de ma bien-aimée mère:

«Je, soussignée, Anne-Catherine-Geneviève-Mathilde de Croixluce, épouse légitime de Jean-Léopold-Joseph-Gontran de Courcils, saine de corps et d'esprit, exprime ici mes dernières volontés.

Je demande pardon à Dieu d'abord, et ensuite à mon cher fils René, de l'acte que je vais commettre. Je crois mon enfant assez grand de cœur pour me comprendre et me pardonner. J'ai souffert toute ma vie. J'ai été épousée par calcul, puis méprisée, méconnue, opprimée, trompée sans cesse par mon mari.

Je lui pardonne, mais je ne lui dois rien.

Mes fils aînés ne m'ont point aimée, ne m'ont point gâtée, m'ont à peine traitée comme une mère.

J'ai été pour eux, durant ma vie, ce que je devais être; je ne leur dois plus rien après ma mort. Les liens du sang n'existent pas sans l'affection constante, sacrée, de chaque jour. Un fils ingrat est moins qu'un étranger; c'est un coupable, car il n'a pas le droit d'être indifférent pour sa mère.

kam herein und setzte sich hinter mich. Er stak in einem engen Gehrock, war sehr blass und kaute immerzu an seinem Schnurrbart, der schon ein wenig grau geworden war. Er war wohl gefasst auf das, was da kommen sollte.

Der Notar schloss die Tür doppelt ab und begann mit der Verlesung, nachdem er vor unseren Augen den mit rotem Lack versiegelten Umschlag geöffnet hatte, dessen Inhalt er nicht kannte.

Mein Freund schwieg unvermittelt, stand auf, trat an seinen Sekretär und entnahm ihm ein altes Dokument, das er entfaltete und bedächtig küsste, bevor er fortfuhr: Dies ist das Testament meiner Mutter:

«Ich, die unterzeichnete Anne-Catherine-Geneviève-Mathilde de Croixluce, rechtmäßige Ehefrau des Jean-Léopold-Joseph-Gontran de Courcils, gesund an Körper und Geist, erkläre hiermit meinen letzten Willen.

Vor allem bitte ich Gott und nächst ihm meinen lieben Sohn René um Verzeihung für das, was ich hier tue. Ich halte mein Kind für hochherzig genug, dass es mich versteht und mir verzeiht. Ich habe mein Leben lang gelitten. Ich bin von meinem Ehemann aus Berechnung geheiratet und dann ohne Unterlass verachtet, verkannt, unterdrückt und betrogen worden.

Ich verzeihe ihm, aber ich schulde ihm nichts.

Meine älteren Söhne haben mich nicht geliebt, haben mich nicht umsorgt, haben mich im Grunde nicht wie eine Mutter behandelt.

Ich war für sie mein Leben lang, was ich zu sein hatte; nach meinem Tode bin ich ihnen nichts mehr schuldig. Es gibt keine Blutsbande ohne die beständige, geheiligte, Tag für Tag geübte Liebe. Ein undankbarer Sohn ist weniger als ein Fremder; er ist strafwürdig, weil er nicht das Recht hat, seiner Mutter gegenüber gleichgültig zu sein.

J'ai toujours tremblé devant les hommes, devant leurs lois iniques, leurs coutumes inhumaines, leurs préjugés infâmes. Devant Dieu, je ne crains plus. Morte, je rejette de moi la honteuse hypocrisie; j'ose dire ma pensée, avouer et signer le secret de mon cœur.

Donc, je laisse en dépôt toute la partie de ma fortune dont la loi me permet de disposer, à mon amant bien-aimé Pierre-Germer-Simon de Bourneval, pour revenir ensuite à notre cher fils René.

(Cette volonté est formulée en outre, d'une façon plus précise, dans un acte notarié.)

Et, devant le juge suprême qui m'entend je déclare que j'aurais maudit le ciel et l'existence si je n'avais rencontré l'affection profonde, dévouée, tendre, inébranlable de mon amant, si je n'avais compris dans ses bras que le Créateur a fait les êtres pour s'aimer, se soutenir, se consoler, et pleurer ensemble dans les heures d'amertume.

Mes deux fils aînés ont pour père M. de Courcils, René seul doit la vie à M. de Bourneval. Je prie le Maître des hommes et de leurs destinées de placer au-dessus des préjugés sociaux le père et le fils, de les faire s'aimer jusqu'à leur mort et m'aimer encore dans mon cercueil.

Tels sont ma dernière pensée et mon dernier désir.

Mathilde de Croixluce. »

M. de Courcils s'était levé; il cria: « C'est là le testament d'une folle ! » Alors M. de Bourneval fit un pas et déclara d'une voix forte, d'une voix tranchante: « Moi, Simon de Bourneval, je déclare que cet écrit ne renferme que la stricte vérité. Je suis prêt à le soutenir devant n'importe qui, et à le prouver même par les lettres que j'ai. »

Ich habe stets gezittert vor den Menschen, ihren ungerechten Gesetzen, unmenschlichen Sitten, schrecklichen Vorurteilen. Vor Gott fürchte ich nichts mehr. Im Tode werfe ich die schändliche Verstellung ab; ich wage zu sagen, was ich denke, und das Geheimnis meines Herzens zu gestehen.

Ich vermache demnach den ganzen Teil meines Vermögens, über den ich nach dem Gesetz verfügen darf, meinem geliebten Freund Pierre-Germer-Simon de Bourneval als Vorerben und nach ihm unserem lieben Sohn René.

(Dieser letzte Wille ist zusätzlich eingehender in einer notariellen Urkunde niedergelegt.)

Und vor dem höchsten Richter, der mich hört, erkläre ich, dass ich den Himmel und das Leben verflucht hätte, wenn ich nicht die tiefe, treusorgende, unerschütterliche Liebe meines Freundes gefunden, wenn ich nicht in seinen Armen erfahren hätte, dass der Schöpfer die Menschen geschaffen hat, einander zu lieben, zu stützen, zu trösten und in bitteren Stunden zusammen zu weinen.

Meine beiden ältesten Söhne haben Herrn de Courcils zum Vater, nur René verdankt sein Leben Herrn de Bourneval. Ich bete zum Herrn über die Menschen und ihr Schicksal, dass er Vater und Sohn über die gesellschaftlichen Vorurteile erhaben sein und sie einander bis zu ihrem Tode und mich noch im Sarge lieben lässt.

Dies ist mein letzter Gedanke und mein letzter Wunsch.

Mathilde de Croixluce.»

Herr de Courcils war aufgestanden; er rief: «Das ist das Testament einer Wahnsinnigen!» Darauf trat Herr de Bourneval einen Schritt vor und erklärte mit lauter, schneidender Stimme: «Ich, Simon de Bourneval, erkläre, dass dieses Schriftstück nichts enthält als die reine Wahrheit. Ich bin bereit, dies vor jedermann zu vertreten und es nötigenfalls durch Briefe zu beweisen, die ich besitze.»

Alors M. de Courcils marcha vers lui. Je crus qu'ils allaient se colleter. Ils étaient là, grands tous deux, l'un gros, l'autre maigre, frémissants. Le mari de ma mère articula en bégayant: « Vous êtes un misérable ! » L'autre prononça du même ton vigoureux et sec: « Nous nous retrouverons autre part, Monsieur. Je vous aurais déjà souffleté et provoqué depuis longtemps si je n'avais tenu avant tout à la tranquillité, durant sa vie, de la pauvre femme que vous avez tant fait souffrir. »

Puis il se tourna vers moi: « Vous êtes mon fils. Voulez-vous me suivre? Je n'ai pas le droit de vous emmener, mais je le prends, si vous voulez bien m'accompagner. »

Je lui serrai la main sans répondre. Et nous sommes sortis ensemble. J'étais, certes, aux trois quarts fou.

Deux jours plus tard M. de Bourneval tuait en duel M. de Courcils. Mes frères, par crainte d'un affreux scandale, se sont tus. Je leur ai cédé et ils ont accepté la moitié de la fortune laissée par ma mère.

J'ai pris le nom de mon père véritable, renonçant à celui que la loi me donnait et qui n'était pas le mien.

M. de Bourneval est mort depuis cinq ans. Je ne suis point encore consolé.

Il se leva, fit quelques pas, et, se plaçant en face de moi: « Eh bien ! je dis que le testament de ma mère est une des choses les plus belles, les plus loyales, les plus grandes qu'une femme puisse accomplir. N'est-ce pas votre avis? »

Je lui tendis les deux mains: « Oui, certainement, mon ami. »

Jetzt ging Herr de Courcils auf ihn zu. Ich glaubte, sie würden handgreiflich werden. Sie standen bebend einander gegenüber, beide groß, der eine massig, der andere hager. Der Gatte meiner Mutter brachte stammelnd heraus: «Sie sind ein Schuft!» Der andere äußerte in unverändert kräftigem, trockenem Ton: «Wir treffen uns an anderem Ort, Monsieur. Ich hätte Sie schon längst geohrfeigt und herausgefordert, wenn mir zu ihren Lebzeiten nicht vor allem an der Ruhe der armen Frau gelegen wäre, der Sie so viel Leid angetan haben.»

Dann wandte er sich zu mir: «Sie sind mein Sohn. Wollen Sie mir folgen? Ich habe kein Recht auf ihre Begleitung, aber ich nehme es mir, wenn Sie mit mir kommen mögen.»

Ich drückte ihm die Hand, ohne zu antworten. Dann sind wir miteinander weggegangen. Ich war bestimmt dreiviertel von Sinnen.

Zwei Tage später tötete Herr de Bourneval im Duell Herrn de Courcils. Meine Brüder, die einen furchtbaren Skandal fürchteten, haben geschwiegen. Die Hälfte des Vermögens, das meine Mutter hinterlassen hat, habe ich ihnen abgetreten, und sie haben akzeptiert.

Ich habe den Namen meines wirklichen Vaters angenommen und auf den verzichtet, den mir das Gesetz gegeben hatte und der mir nicht anstand.

Herr de Bourneval ist seit fünf Jahren tot. Ich bin noch nicht darüber hinweg.

Er erhob sich, tat einige Schritte und sagte, indem er sich vor mich hinstellte: «Also ich behaupte, das Testament meiner Mutter ist eine der schönsten, redlichsten, großartigsten Taten, die eine Frau vollbringen kann. Finden Sie nicht auch?»

Ich reichte ihm beide Hände: «Ja, ganz gewiss, mein Freund.»

À cheval

Les pauvres gens vivaient péniblement des petits appointements du mari. Deux enfants étaient nés depuis leur mariage, et la gêne première était devenue une de ces misères humbles, voilées, honteuses, une misère de famille noble qui veut tenir son rang quand même.

Hector de Gribelin avait été élevé en province, dans le manoir paternel, par un vieil abbé précepteur. On n'était pas riche, mais on vivotait en gardant les apparences.

Puis, à vingt ans, on lui avait cherché une position, et il était entré, commis à quinze cents francs, au Ministère de la Marine. Il avait échoué sur cet écueil comme tous ceux qui ne sont point préparés de bonne heure au rude combat de la vie, tous ceux qui voient l'existence à travers un nuage, qui ignorent les moyens et les résistances, en qui on n'a pas développé dès l'enfance des aptitudes spéciales, des facultés particulières, une âpre énergie à la lutte, tous ceux à qui on n'a pas remis une arme ou un outil dans la main.

Ses trois premières années de bureau furent horribles.

Il avait retrouvé quelques amis de sa famille, vieilles gens attardés et peu fortunés aussi, qui vivaient dans les rues nobles, les tristes rues du faubourg Saint-Germain, et il s'était fait un cercle de connaissances.

Étrangers à la vie moderne, humbles et fiers, ces aristocrates nécessiteux habitaient les étages élevés de maisons endormies. Du haut en bas de

Hoch zu Ross

Die armen Leute lebten kärglich von dem kleinen Gehalt des Mannes. Zwei Kinder waren ihnen seit ihrer Heirat geboren worden, und aus der anfänglichen Einschränkung war eine demütige, verschleierte, verschämte Armut geworden, die Armut einer Adelsfamilie, die trotz allem ihren Rang behaupten will.

Hector de Gribelin war in der Provinz auf dem väterlichen Besitz von einem alten Priester erzogen und unterrichtet worden. Man war nicht reich, hielt sich aber am Leben und wahrte den Schein.

Als er dann zwanzig Jahre alt war, hatte man ihm eine Stellung gesucht, und er war als Schreiber mit tausendfünfhundert Franken jährlich im Marineministerium eingetreten. Er war an dieser Klippe gescheitert wie alle, die nicht rechtzeitig auf den harten Kampf ums Dasein vorbereitet worden sind, die das Leben durch einen Dunst sehen, ohne Kampfmittel und Widerstandskräfte zu kennen, und in denen nicht von Kindheit an besondere Möglichkeiten, eigene Fähigkeiten und eine hartnäckige, zupackende Energie entwickelt worden sind: alle, denen man keine Waffe und kein Werkzeug mitgegeben hat.

Die ersten drei Jahre im Büro waren fürchterlich für ihn.

Er hatte einige Freunde seiner Familie aufgesucht, rückständige alte Leute und wenig begütert, wie er, die in den vornehmen, aber düsteren Straßen des Faubourg Saint-Germain wohnten, und hatte sich einen Bekanntenkreis geschaffen.

Ohne Verständnis für das moderne Leben, bescheiden und stolz, bewohnten diese bedürftigen Aristokraten die oberen Stockwerke verschlafener Häuser. Von oben bis un-

ces demeures, les locataires étaient titrés; mais l'argent semblait rare au premier comme au sixième.

Les éternels préjugés, la préoccupation du rang, le souci de ne pas déchoir, hantaient ces familles autrefois brillantes, et ruinées par l'inaction des hommes. Hector de Gribelin rencontra dans ce monde une jeune fille noble et pauvre comme lui, et l'épousa.

Ils eurent deux enfants en quatre ans.

Pendant quatre années encore, ce ménage, harcelé par la misère, ne connut d'autres distractions que la promenade aux Champs-Élysées, le dimanche, et quelques soirées au théâtre, une ou deux par hiver, grâce à des billets de faveur offerts par un collègue.

Mais voilà que, vers le printemps, un travail supplémentaire fut confié à l'employé par son chef; et il reçut une gratification extraordinaire de trois cents francs.

En rapportant cet argent, il dit à sa femme:

« Ma chère Henriette, il faut nous offrir quelque chose, par exemple une partie de plaisir pour les enfants. »

Et après une longue discussion, il fut décidé qu'on irait déjeuner à la campagne.

« Ma foi, s'écria Hector, une fois n'est pas coutume; nous louerons un break pour toi, les petits et la bonne, et moi je prendrai un cheval au manège. Cela me fera du bien. »

Et pendant toute la semaine on ne parla que de l'excursion projetée.

Chaque soir, en rentrant du bureau, Hector saisissait son fils aîné, le plaçait à califourchon sur sa

ten waren in diesen Gebäuden die Mieter zwar Träger von Titeln, aber das Geld schien im ersten Stock ebenso knapp zu sein wie im sechsten.

Die ewigen Vorurteile, die sorgfältige Beachtung des Ranges und die Sorge, nur ja nicht herunterzukommen, verfolgten diese einst glänzenden und nun durch die Untätigkeit der Männer ruinierten Familien. Hector de Gribelin traf in dieser Umgebung ein junges adliges Mädchen, das arm war wie er selbst, und heiratete es.

In vier Jahren hatten sie zwei Kinder.

Und auch in den nächsten vier Jahren kannten die von der Armut bedrängten Eheleute keine anderen Vergnügungen als am Sonntag einen Spaziergang auf den Champs-Élysées und abends ganz selten, ein- oder zweimal in jedem Winter, einen Theaterbesuch, den sie Freikarten verdankten, die ihnen ein Kollege schenkte.

Da wurde dem Angestellten im Frühling überraschend von seinem Vorgesetzten eine zusätzliche Arbeit anvertraut, und er erhielt eine Sondergratifikation von dreihundert Franken.

Als er dieses Geld nach Hause brachte, sagte er zu seiner Frau:

«Meine liebe Henriette, wir sollten uns etwas gönnen, zum Beispiel einen Ausflug für die Kinder.»

Und nach einer langen Diskussion beschloss man, zum Picknick aufs Land zu fahren.

«Meine Güte», rief Hector, «einmal ist keinmal: wir mieten einen Zweispänner für dich, die Kleinen und das Mädchen, und ich leihe mir ein Pferd aus der Reitschule. Das wird mir guttun.»

Und die ganze Woche lang sprach man nur von dem geplanten Ausflug.

Jeden Abend, wenn er vom Büro nach Hause kam, nahm Hector seinen Ältesten, setzte ihn rittlings auf sein

jambe, et, en le faisant sauter de toute sa force, il lui disait :

« Voilà comment il galopera, papa, dimanche prochain, à la promenade. »

Et le gamin, tout le jour, enfourchait les chaises et les traînait autour de la salle en criant :

« C'est papa à dada. »

Et la bonne elle-même regardait monsieur d'un œil émerveillé, en songeant qu'il accompagnerait la voiture à cheval ; et pendant tous les repas elle l'écoutait parler d'équitation, raconter ses exploits de jadis, chez son père. Oh ! il avait été à bonne école et, une fois la bête entre ses jambes, il ne craignait rien, mais rien !

Il répétait à sa femme en se frottant les mains :

« Si on pouvait me donner un animal un peu difficile, je serais enchanté. Tu verras comme je monte ; et, si tu veux, nous reviendrons par les Champs-Élysées au moment du retour du Bois. Comme nous ferons bonne figure, je ne serais pas fâché de rencontrer quelqu'un du ministère. Il n'en faut pas plus pour se faire respecter des chefs. »

Au jour dit, la voiture et le cheval arrivèrent en même temps devant la porte. Il descendit aussitôt, pour examiner sa monture. Il avait fait coudre des sous-pieds à son pantalon et manœuvrait une cravache achetée la veille.

Il leva et palpa, l'une après l'autre, les quatre jambes de la bête, tâta le cou, les côtes, les jarrets, éprouva du doigt les reins, ouvrit la bouche, examina les dents, déclara son âge, et, comme toute la famille descendait, il fit une sorte de petit cours théorique et pratique sur le cheval en général et

Bein und erklärte ihm, indem er ihn mit aller Kraft wippen ließ:

«So wird Papa nächsten Sonntag beim Ausflug galoppieren.»

Und der kleine Junge setzte sich den ganzen Tag über breitbeinig auf die Stühle und rutschte mit ihnen durch das Zimmer, indem er rief:

«Das ist Papa auf dem Hottehüh.»

Sogar das Dienstmädchen betrachtete den Hausherrn mit bewundernden Blicken, wenn sie sich vorstellte, wie er den Wagen hoch zu Ross begleiten würde; bei allen Mahlzeiten hörte sie ihn vom Reiten sprechen und von seinen Taten erzählen, damals, daheim beim Vater. Oh! Er war durch eine gute Schule gegangen, und wenn er erst einmal das Tier zwischen den Schenkeln hatte, fürchtete er nichts, gar nichts!

Immer wieder sagte er händereibend zu seiner Frau:

«Wenn ich nur ein etwas schwieriges Tier bekommen könnte, ich wäre begeistert. Du wirst schon sehen, wie ich zu Pferde sitze, und wenn du willst, nehmen wir den Heimweg über die Champs-Élysées, wenn die Leute aus dem Bois de Boulogne zurückkommen. Da wir einen guten Eindruck machen werden, wäre es mir gar nicht unlieb, wenn wir jemandem aus dem Ministerium begegneten. Das genügt schon, um sich bei seinen Vorgesetzten Achtung zu verschaffen.»

Am festgesetzten Tage trafen der Wagen und das Pferd zu gleicher Zeit vor der Tür ein. Er ging sofort hinunter, um sein Reittier zu prüfen. Er hatte sich Stege an seine Hose nähen lassen und schwang eine am Vorabend gekaufte Reitpeitsche.

Nacheinander hob er die Beine des Tieres und befühlte sie, tätschelte ihm den Hals, die Flanken, die Sprunggelenke, untersuchte mit dem Finger die Lenden, öffnete ihm das Maul, prüfte das Gebiss, schätzte sein Alter, und als die ganze Familie herunterkam, hielt er so etwas wie eine kleine theore-

en particulier sur celui-là, qu'il reconnaissait excellent.

Quand tout le monde fut bien placé dans la voiture, il vérifia les sangles de la selle; puis, s'enlevant sur un étrier, retomba sur l'animal, qui se mit à danser sous la charge et faillit désarçonner son cavalier.

Hector, ému, tâchait de le calmer:

« Allons, tout beau, mon ami, tout beau. »

Puis quand le porteur eut repris sa tranquillité et le porté son aplomb, celui-ci demanda:

« Est-on prêt? »

Toutes les voix répondirent:

« Oui. »

Alors, il commanda:

« En route! »

Et la cavalcade s'éloigna.

Tous les regards étaient tendus sur lui. Il trottait à l'anglaise en exagérant les ressauts. À peine était-il retombé sur la selle qu'il rebondissait comme pour monter dans l'espace. Souvent il semblait prêt à s'abattre sur la crinière, et il tenait ses yeux fixes devant lui, ayant la figure crispée et les joues pâles.

Sa femme, gardant sur ses genoux un des enfants, et la bonne qui portait l'autre, répétaient sans cesse:

« Regardez papa, regardez papa! »

Et les deux gamins, grisés par le mouvement, la joie et l'air vif, poussaient des cris aigus. Le cheval, effrayé par ces clameurs, finit par prendre le galop, et, pendant que le cavalier s'efforçait de l'arrêter, le chapeau roula par terre. Il fallut que le cocher descendît de son siège pour ramasser cette coiffure, et,

tische und praktische Vorlesung über das Pferd im allgemeinen und dieses im besonderen, das er hervorragend fand.

Als alle gut im Wagen untergebracht waren, überprüfte er die Sattelgurte; dann schwang er sich auf einen Steigbügel und ließ sich auf das Tier fallen, das unter der Last zu tanzen begann und seinen Reiter fast abgeworfen hätte.

Aufgeregt versuchte Hector es zu besänftigen:

«Komm, ganz ruhig, Freundchen, ganz ruhig.»

Als der Träger seine Ruhe und der Getragene seine Haltung wiedergewonnen hatten, fragte er:

«Seid ihr fertig?»

Alle Stimmen erwiderten:

«Ja.»

Darauf befahl er:

«Vorwärts marsch!»

Und die Kavalkade brach auf.

Alle Blicke waren auf ihn gerichtet. Er ließ das Pferd im englischen Schritt traben, wippte aber übertrieben auf und nieder. Kaum war er auf den Sattel zurückgefallen, flog er wieder hoch, als wollte er in die Luft aufsteigen. Oft sah es aus, als fiele er gleich auf die Mähne. Er starrte unentwegt geradeaus, mit angespanntem Gesicht und bleichen Wangen.

Seine Frau, welche das eine der Kinder auf den Knien hielt, und das Mädchen, welches das andere trug, riefen unaufhörlich:

«Seht doch den Papa, seht doch den Papa!»

Und die beiden kleinen Jungen, trunken von der Bewegung, der Freude und der frischen Luft, stießen helle Schreie aus. Das Pferd wurde von diesem Lärm scheu, fiel in Galopp, und während der Reiter versuchte, es zu bändigen, flog der Hut zu Boden. Der Kutscher musste von seinem Bock steigen, um die Kopfbedeckung aufzuheben, und als Hector sie

quand Hector l'eut reçue de ses mains, il s'adressa de loin à sa femme :

« Empêche donc les enfants de crier comme ça, tu me ferais emporter ! »

On déjeuna sur l'herbe, dans le bois du Vésinet, avec les provisions déposées dans les coffres.

Bien que le cocher prît soin des trois chevaux, Hector à tout moment se levait pour aller voir si le sien ne manquait de rien et il le caressait sur le cou, lui faisant manger du pain, des gâteaux, du sucre.

Il déclara :

« C'est un rude trotteur. Il m'a même un peu secoué dans les premiers moments ; mais tu as vu que je m'y suis vite remis ; il a reconnu son maître ; il ne bougera plus maintenant. »

Comme il avait été décidé, on revint par les Champs-Élysées.

La vaste avenue fourmillait de voitures. Et, sur les côtés, les promeneurs étaient si nombreux qu'on eût dit deux longs rubans noirs se déroulant, depuis l'Arc de Triomphe jusqu'à la place de la Concorde. Une averse de soleil tombait sur tout ce monde, faisait étinceler le vernis des calèches, l'acier des harnais, les poignées des portières.

Une folie de mouvement, une ivresse de vie semblait agiter cette foule de gens, d'équipages et de bêtes. Et l'Obélisque, là-bas, se dressait dans une buée d'or.

Le cheval d'Hector, dès qu'il eut dépassé l'Arc de Triomphe, fut saisi soudain d'une ardeur nouvelle, et il filait à travers les roues, au grand trot, vers l'écurie, malgré toutes les tentatives d'apaisement de son cavalier.

aus seinen Händen entgegengenommen hatte, rief er seiner Frau von weitem zu:

«Pass gefälligst auf, dass die Kinder nicht so schreien, sonst geht es noch mit mir durch!»

Man aß im Grünen, im Walde von Vesinet, von dem im Kutschkasten mitgenommenen Proviant.

Obwohl der Kutscher die drei Pferde versorgte, stand Hector jeden Augenblick auf, um nachzusehen, ob es dem seinen auch an nichts fehle; er tätschelte ihm den Hals und gab ihm Brot, Kuchen und Zucker zu fressen.

Er erklärte:

«Das ist ein harter Traber. Zuerst hat er mich sogar ein bisschen durchgeschüttelt, aber du hast ja gesehen, wie schnell ich mich wieder zurechtgefunden habe; er hat seinen Herrn kennengelernt: jetzt wird er nicht mehr mucken.»

Wie vorgesehen, kehrte man über die Champs-Élysées zurück.

Auf der großen Avenue wimmelte es von Wagen. Und an den Seiten gingen so viele Spaziergänger, dass es aussah, als zögen sich zwei lange schwarze Bänder vom Arc de Triomphe bis zur Place de la Concorde. Eine Flut von Sonnenlicht ergoss sich auf all die Menschen und ließ den Lack auf den Kutschen, den Stahl der Geschirre und die Griffe an den Wagentüren funkeln.

Eine wilde Bewegungslust, eine trunkene Lebensfreude schien diese Menge von Menschen, Equipagen und Pferden zu beherrschen. Und in der Ferne ragte der Obelisk in den goldenen Abenddunst.

Sobald es den Triumphbogen hinter sich gelassen hatte, wurde Hectors Pferd plötzlich von neuem Schwung beseelt, und mitten zwischen den Rädern hindurch strebte es trotz aller Beruhigungsversuche seines Reiters in schlankem Trab dem Stall zu.

La voiture était loin maintenant, loin derrière, et voilà qu'en face du Palais de l'Industrie, l'animal se voyant du champ, tourna à droite et prit le galop.

Une vieille femme en tablier traversait la chaussée d'un pas tranquille; elle se trouvait juste sur le chemin d'Hector, qui arrivait à fond de train. Impuissant à maîtriser sa bête, il se mit à crier de toute sa force:

« Holà ! hé ! holà ! là-bas ! »

Elle était sourde peut-être, car elle continua paisiblement sa route jusqu'au moment où, heurtée par le poitrail du cheval lancé comme une locomotive, elle alla rouler dix pas plus loin, les jupes en l'air, après trois culbutes sur la tête.

Des voix criaient:

« Arrêtez-le ! »

Hector, éperdu, se cramponnait à la crinière en hurlant:

« Au secours ! »

Une secousse terrible le fit passer comme une balle par-dessus les oreilles de son coursier et tomber dans les bras d'un sergent de ville qui venait de se jeter à sa rencontre.

En une seconde, un groupe furieux, gesticulant, vociférant, se forma autour de lui. Un vieux monsieur surtout, un vieux monsieur portant une grande décoration ronde et de grandes moustaches blanches, semblait exaspéré. Il répétait:

« Sacrebleu, quand on est maladroit comme ça, on reste chez soi. On ne vient pas tuer les gens dans la rue quand on ne sait pas conduire un cheval. »

Mais quatre hommes, portant la vieille, apparurent. Elle semblait morte, avec sa figure jaune et son bonnet de travers, tout gris de poussière.

Der Wagen war schon weit, weit zurück, als das Tier gegenüber vom Industriepalast plötzlich freie Bahn sah, sich nach rechts wandte und in Galopp fiel.

Eine alte Frau mit umgebundener Schürze ging ruhigen Schrittes über den Fahrdamm; sie geriet Hector, der in gestrecktem Galopp daherkam, genau in den Weg. Da er nicht imstande war, sein Tier zu meistern, rief er mit aller Kraft:

« Holla ! Heda ! Holla ! Weg da ! »

Vielleicht war sie taub – sie ging jedenfalls friedlich weiter bis zu dem Augenblick, da sie, vom Bug des wie eine Lokomotive heranstürmenden Pferdes getroffen, mit fliegenden Röcken zehn Schritte weit rollte und sich dabei dreimal überschlug.

Stimmen riefen:

« Haltet ihn ! »

Völlig verstört klammerte sich Hector an die Mähne und schrie:

« Hilfe ! »

Ein fürchterlicher Stoß ließ ihn wie eine Kanonenkugel über die Ohren seines Renners fliegen und in die Arme eines Schutzmannes fallen, der eben herangelaufen kam, um ihn aufzuhalten.

Im Nu bildete sich eine wütende, gestikulierende, schimpfende Menschentraube um ihn. Vor allem ein alter Herr, ein alter Herr mit einem großen runden Orden und einem großen weißen Schnurrbart, schien besonders aufgebracht zu sein. Er rief immer wieder:

« Zum Donnerwetter ! Wenn man so ungeschickt ist, bleibt man zu Hause. Man reitet nicht aus und bringt die Leute um, wenn man nicht mit Pferden umgehen kann. »

Da erschienen schon vier Männer. Sie brachten die alte Frau. Nach ihrem wachsgelben Gesicht und der verrutschten, mit grauem Staub bedeckten Haube zu urteilen, schien sie tot zu sein.

« Portez cette femme chez un pharmacien, commanda le vieux monsieur, et allons chez le commissaire de police. »

Hector, entre les deux agents, se mit en route. Un troisième tenait son cheval. Une foule suivait; et soudain le break parut. Sa femme s'élança, la bonne perdait la tête, les marmots piaillaient. Il expliqua qu'il allait rentrer, qu'il avait renversé une femme, que ce n'était rien. Et sa famille, affolée, s'éloigna.

Chez le commissaire, l'explication fut courte. Il donna son nom, Hector de Gribelin, attaché au Ministère de la Marine, et on attendit des nouvelles de la blessée. Un agent envoyé aux renseignements revint. Elle avait repris connaissance, mais elle souffrait effroyablement en dedans, disait-elle. C'était une femme de ménage, âgée de soixante-cinq ans et dénommée Mme Simon.

Quand il sut qu'elle n'était pas morte, Hector reprit espoir et promit de subvenir aux frais de sa guérison. Puis il courut chez le pharmacien.

Une cohue stationnait devant la porte; la bonne femme, affaissée dans un fauteuil, geignait, les mains inertes, la face abrutie. Deux médecins l'examinaient encore. Aucun membre n'était cassé, mais on craignait une lésion interne.

Hector lui parla :

« Souffrez-vous beaucoup?

– Oh ! oui.

– Où ça?

– C'est comme un feu que j'aurais dans les estomacs. »

Un médecin s'approcha :

« C'est vous, monsieur, qui êtes l'auteur de l'accident?

– Oui, monsieur.

«Tragen Sie die Frau in eine Ambulanz», befahl der alte Herr, «und wir gehen zum Polizeirevier.»

Zwischen zwei Schutzleuten machte sich Hector auf den Weg. Ein dritter führte sein Pferd. Eine ganze Volksmenge lief hinterher, und nun erschien auch der Zweispänner. Seine Frau sprang heraus, das Mädchen gebärdete sich wie toll, die zwei Knirpse plärrten. Er erklärte, er werde bald nach Hause kommen, er habe eine Frau umgeritten, es sei nicht schlimm. Seine Familie entfernte sich voller Bestürzung.

Die Vernehmung beim Polizeikommissar war kurz. Er nannte seinen Namen, Hector de Gribelin, Angestellter im Marineministerium, und dann wartete man auf Nachricht von der Verletzten. Ein Schutzmann, der auf Erkundung geschickt war, kam zurück. Sie hatte das Bewusstsein wiedererlangt, hatte aber, wie sie sagte, noch starke innere Schmerzen. Es handelte sich um eine Reinmachefrau, fünfundsechzig Jahre alt, namens Simon.

Als er hörte, dass sie nicht tot war, fasste Hector wieder Hoffnung und versprach, für die Heilungskosten aufzukommen. Hierauf eilte er zur Ambulanz.

Eine Menge Leute stand vor der Tür; die gute Frau saß mit herabhängenden Armen und verständnislosem Gesichtsausdruck in einem Sessel und stöhnte. Zwei Ärzte waren noch dabei, sie zu untersuchen. Es war kein Glied gebrochen, aber man befürchtete eine innere Verletzung.

Hector fragte sie:

«Haben Sie große Schmerzen?»

«O ja!»

«Wo denn?»

«Das ist, als wenn ich Feuer in den Eingeweiden drin hätte.»

Ein Arzt trat heran:

«Sie sind der Verursacher dieses Unfalls?»

«Ja.»

– Il faudrait envoyer cette femme dans une maison de santé; j'en connais une où on la recevrait à six francs par jour. Voulez-vous que je m'en charge? »

Hector, ravi, remercia et rentra chez lui soulagé.

Sa femme l'attendait dans les larmes: il l'apaisa.

« Ce n'est rien, cette dame Simon va déjà mieux, dans trois jours il n'y paraîtra plus; je l'ai envoyée dans une maison de santé; ce n'est rien. »

Ce n'est rien!

En sortant de son bureau, le lendemain, il alla prendre des nouvelles de Mme Simon. Il la trouva en train de manger un bouillon gras d'un air satisfait.

« Eh bien? » dit-il.

Elle répondit:

« Oh! mon pauv' monsieur, ça n' change pas. Je me sens quasiment anéantie. N'y a pas de mieux. »

Le médecin déclara qu'il fallait attendre, une complication pouvant survenir.

Il attendit trois jours, puis il revint. La vieille femme, le teint clair, l'œil limpide, se mit à geindre en l'apercevant:

« Je n' peux pu r'muer, mon pauv' monsieur; je n'peux pu. J'en ai pour jusqu'à la fin de mes jours. »

Un frisson courut dans les os d'Hector. Il demanda le médecin. Le médecin leva les bras:

« Que voulez-vous, monsieur, je ne sais pas, moi. Elle hurle quand on essaye de la soulever. On ne peut même changer de place son fauteuil sans lui faire pousser des cris déchirants. Je dois croire ce qu'elle me dit, monsieur; je ne suis pas dedans. Tant que je ne l'aurai pas vue marcher, je n'ai pas le droit de supposer un mensonge de sa part. »

«Man sollte die Frau in eine Klinik schaffen; ich kenne eine, wo man sie für sechs Franken pro Tag aufnehmen würde. Soll ich mich darum kümmern?»

Erfreut dankte Hector und ging erleichtert nach Hause.

Seine Frau erwartete ihn in Tränen. Er beruhigte sie:

«Es ist nicht schlimm, es geht dieser Frau Simon schon besser, in drei Tagen wird nichts von der Sache nachgeblieben sein; ich habe sie in eine Klinik schaffen lassen, es ist nicht schlimm.»

Nicht schlimm!

Als er am nächsten Tage aus dem Büro kam, ging er hin, um sich zu erkundigen, wie es Frau Simon heute gehe. Er traf sie an, wie sie gerade mit zufriedener Miene eine fette Brühe aß.

«Na, wie geht's?» fragte er.

Sie entgegnete:

«Ach, mein lieber Herr, das wird nicht besser. Ich bin nun sozusagen erledigt. Kein bisschen besser.»

Der Arzt erklärte, man müsse abwarten, weil sich Komplikationen einstellen könnten.

Er wartete drei Tage und ging dann wieder hin. Die alte Frau hatte eine frische Hautfarbe und klare Augen, begann aber zu stöhnen, als sie ihn erblickte:

«Nicht mehr bewegen kann ich mich, lieber Herr, kann einfach nicht mehr. Mein Leben lang hab ich damit zu tun.»

Hector fröstelte es bis ins Mark. Er fragte nach dem Arzt. Der Arzt hob die Schultern:

«Was wollen Sie machen, mein Herr, ich weiß auch nicht, was das ist. Sie brüllt, wenn man sie aufzuheben versucht. Wir können nicht einmal ihren Sessel von der Stelle rücken, ohne dass sie entsetzliche Schreie ausstößt. Ich muss glauben, was sie mir sagt; ich stecke ja nicht in ihrer Haut. Solange ich nicht gesehen habe, dass sie geht, habe ich kein Recht, anzunehmen, dass sie mich belügt.»

La vieille écoutait, immobile, l'œil sournois.

Huit jours se passèrent; puis quinze, puis un mois. Mme Simon ne quittait pas son fauteuil. Elle mangeait du matin au soir, engraissait, causait gaiement avec les autres malades, semblait accoutumée à l'immobilité comme si c'eût été le repos bien gagné par ses cinquante ans d'escaliers montés et descendus, de matelas retournés, de charbon porté d'étage en étage, de coups de balai et de coups de brosse.

Hector éperdu venait chaque jour; chaque jour il la trouvait tranquille et sereine, et déclarant :

« Je n' peux pu remuer, mon pauv' monsieur, je n'peux pu. »

Chaque soir, Mme de Gribelin demandait, dévorée d'angoisses :

« Et Mme Simon? »

Et, chaque fois, il répondait avec un abattement désespéré :

« Rien de changé, absolument rien ! »

On renvoya la bonne, dont les gages devenaient trop lourds. On économisa davantage encore; la gratification tout entière y passa.

Alors Hector assembla quatre grands médecins qui se réunirent autour de la vieille. Elle se laissa examiner, tâter, palper, en les guettant d'un œil malin.

« Il faut la faire marcher », dit l'un.

Elle s'écria :

« Je n' peux pu, mes bons messieurs, je n' peux pu ! »

Alors ils l'empoignèrent, la soulevèrent, la traînèrent quelques pas; mais elle leur échappa des mains et s'écroula sur le plancher en poussant des clameurs si épouvantables qu'ils la reportèrent sur son siège avec des précautions infinies.

Die Alte hörte zu, unbewegt, mit verschlagenem Blick.

Acht Tage verstrichen, vierzehn Tage, ein Monat. Frau Simon verließ ihren Sessel nicht. Sie aß von morgens bis abends, wurde immer dicker, unterhielt sich angeregt mit den anderen Kranken und schien sich mit der Unbeweglichkeit abzufinden, als sei dies die wohlverdiente Erholung nach fünfzig Jahren Laufen treppauf und treppab, Matratzenwenden, Kohlenschleppen von Stockwerk zu Stockwerk, Fegen und Bürsten.

Hector kam jeden Tag, völlig verzweifelt; jeden Tag fand er sie ruhig und heiter. Jedesmal erklärte sie:

«Gar nicht mehr bewegen kann ich mich, mein lieber Herr, ich kann es nicht mehr.»

Jeden Abend fragte Madame de Gribelin, von Angst verzehrt:

«Und Frau Simon?»

Und jedesmal antwortete er, verzweifelt und niedergeschlagen:

«Unverändert, ganz unverändert!»

Sie entließen das Mädchen, dessen Lohn sie zu teuer kam. Sie sparten noch mehr als früher, und doch ging die ganze Gratifikation drauf.

Da zog Hector vier berühmte Ärzte hinzu, die sich um die Alte versammelten. Sie ließ sich untersuchen, befühlen und betasten; dabei beobachtete sie die Ärzte mit schlauem Blick.

«Wir müssen sie zum Gehen bringen», sagte der eine.

Sie schrie:

«Ich kann es nicht mehr, meine lieben Herren, ich kann es nicht mehr!»

Da fassten sie die Alte unter, hoben sie hoch und schleppten sie einige Schritte weit; aber sie glitt ihnen aus den Händen und fiel zu Boden. Dabei stieß sie so furchtbare Schreie aus, dass man sie mit unendlicher Behutsamkeit wieder auf ihren Sitz tragen musste.

Ils émirent une opinion discrète, concluant cependant à l'impossibilité du travail.

Et, quand Hector apporta cette nouvelle à sa femme, elle se laissa choir sur une chaise en balbutiant:

«Il vaudrait encore mieux la prendre ici, ça nous coûterait moins cher.»

Il bondit:

«Ici, chez nous, y penses-tu?»

Mais elle répondit, résignée à tout maintenant, et avec des larmes dans les yeux:

«Que veux-tu, mon ami, ce n'est pas ma faute! ...»

Sie gaben ein zurückhaltendes Urteil ab, schlossen aber auf Arbeitsunfähigkeit.

Als Hector seiner Frau diese Nachricht überbrachte, ließ sie sich auf einen Stuhl fallen und stammelte:

«Vielleicht wäre es besser, sie zu uns zu nehmen, das würde uns weniger kosten.»

Er sprang auf:

«Zu uns? Hierher? Wo denkst du hin?»

Sie aber erwiderte, in alles jetzt ergeben und mit Tränen in den Augen:

«Was willst du, mein Lieber, ich kann doch nichts dafür! ...»

Regret

Monsieur Saval, qu'on appelle dans Mantes « le père Saval », vient de se lever. Il pleut. C'est un triste jour d'automne; les feuilles tombent. Elles tombent lentement dans la pluie, comme une autre pluie plus épaisse et plus lente. M. Saval n'est pas gai. Il va de sa cheminée à sa fenêtre et de sa fenêtre à sa cheminée. La vie a des jours sombres. Elle n'aura plus que des jours sombres pour lui maintenant, car il a soixante-deux ans ! Il est seul, vieux garçon, sans personne autour de lui. Comme c'est triste de mourir ainsi, tout seul, sans une affection dévouée !

Il songe à son existence si nue, si vide. Il se rappelle, dans l'ancien passé, dans le passé de son enfance, la maison, la maison avec les parents; puis le collège, les sorties, le temps de son droit à Paris. Puis la maladie du père, sa mort.

Il est revenu habiter avec sa mère. Ils ont vécu tous les deux, le jeune homme et la vieille femme, paisiblement, sans rien désirer de plus. Elle est morte aussi. Que c'est triste, la vie !

Il est resté seul. Et maintenant il mourra bientôt à son tour. Il disparaîtra, lui, et ce sera fini. Il n'y aura plus de M. Paul Saval sur la terre. Quelle affreuse chose ! D'autres gens vivront, s'aimeront, riront. Oui, on s'amusera et il n'existera plus, lui ! Est-ce étrange qu'on puisse rire, s'amuser, être joyeux sous cette éternelle certitude de la mort. Si elle était seulement probable, cette mort, on pourrait encore espérer; mais non, elle est inévitable, aussi inévitable que la nuit après le jour.

Reue

Herr Saval, den man in Mantes «Vater Saval» nennt, ist eben aufgestanden. Es regnet. Der Herbsttag ist trist; die Blätter fallen. Sie fallen langsam mit dem Regen, wie ein zweiter Regen, der dicker und langsamer ist. Herr Saval ist nicht gut aufgelegt. Er geht von seinem Kamin zu seinem Fenster und von seinem Fenster zu seinem Kamin. Das Leben hat düstere Tage. Es wird jetzt nur noch düstere Tage für ihn haben, denn er ist zweiundsechzig Jahre alt! Er ist allein, ein Hagestolz, ohne einen nahen Menschen. Wie traurig, so ganz allein zu sterben, ohne eine treu ergebene Liebe!

Er bedenkt, wie kalt, wie leer sein Dasein ist. Er erinnert sich aus fernen Zeiten, aus seinen Kinderzeiten an das Haus, das Haus mit seinen Eltern, dann ans Internat, die Ausflüge, die Jahre seines Jurastudiums in Paris. Dann an die Krankheit seines Vaters, seinen Tod.

Er ist wieder zu seiner Mutter gezogen. Die beiden, der junge Mann und die alte Frau, haben friedlich gelebt, ohne mehr zu verlangen. Auch sie ist gestorben. Wie traurig das Leben doch ist!

Er ist allein geblieben. Und jetzt ist er auch bald mit dem Sterben an der Reihe. Er wird verschwinden, und dann wird alles vorbei sein. Es wird keinen Paul Saval mehr geben auf Erden. Wie jammervoll ist das! Andere Menschen werden leben, einander lieben, lachen! Ja, man wird seinen Spaß haben und er, er wird nicht mehr da sein. Eigentlich seltsam, dass man lachen, seinen Spaß haben, übermütig sein kann im Angesicht dieser ständigen Gewissheit des Todes. Wenn er bloß wahrscheinlich wäre, dieser Tod, könnte man noch hoffen; aber nein, er ist unausweichlich, so unausweichlich, wie die Nacht am Ende des Tages steht.

Si encore sa vie avait été remplie ! S'il avait fait quelque chose; s'il avait eu des aventures, de grands plaisirs, des succès, des satisfactions de toute sorte. Mais non, rien. Il n'avait rien fait, jamais rien que se lever, manger, aux mêmes heures, et se coucher. Et il était arrivé comme cela à l'âge de soixante-deux ans. Il ne s'était même pas marié, comme les autres hommes. Pourquoi? Oui, pourquoi ne s'était-il pas marié? Il l'aurait pu, car il possédait quelque fortune. Est-ce l'occasion qui lui avait manqué? Peut-être ! Mais on les fait naître, ces occasions ! Il était nonchalant, voilà. La nonchalance avait été son grand mal, son défaut, son vice. Combien de gens ratent leur vie par nonchalance. Il est si difficile à certaines natures de se lever, de remuer, de faire des démarches, de parler, d'étudier des questions.

Il n'avait même pas été aimé. Aucune femme n'avait dormi sur sa poitrine dans un complet abandon d'amour. Il ne connaissait pas les angoisses délicieuses de l'attente, le divin frisson de la main pressée, l'extase de la passion triomphante.

Quel bonheur surhumain devait vous inonder le cœur quand les lèvres se rencontrent pour la première fois, quand l'étreinte de quatre bras fait un seul être, un être souverainement heureux, de deux êtres affolés l'un par l'autre.

M. Saval s'était assis, les pieds au feu, en robe de chambre.

Certes, sa vie était ratée, tout à fait ratée. Pourtant il avait aimé, lui. Il avait aimé secrètement, douloureusement et nonchalamment, comme il faisait tout. Oui, il avait aimé sa vieille amie Mme Sandres, la femme de son vieux camarade Sandres. Ah ! s'il l'avait connue jeune fille ! Mais il l'avait rencontrée

Wenn sein Leben wenigstens erfüllt gewesen wäre! Wenn er etwas vollbracht hätte, wenn er Abenteuer, große Freuden, Erfolge, Befriedigungen irgendeiner Art gehabt hätte. Aber nein, nichts. Er hatte nichts getan, niemals, nichts als aufstehen, essen, zu den immer gleichen Zeiten, und dann schlafengehen. Und so war er zweiundsechzig Jahre alt geworden. Er hatte nicht einmal geheiratet wie andere Männer. Warum? Ja, warum hatte er nicht geheiratet? Gekonnt hätte er es, denn er besaß einiges Vermögen. Hatte es ihm an Gelegenheit gefehlt? Vielleicht! Aber Gelegenheiten führt man herbei! Er war eben gleichgültig, das war es. Die Gleichgültigkeit war seine große Schwäche, sein Fehler, sein Laster. Wie viele Menschen verpfuschen ihr Leben aus Gleichgültigkeit. Manchen Naturen fällt es so schwer, aufzustehen, sich zu tummeln, Schritte zu tun, zu sprechen, Fragen nachzugehen.

Er war nicht einmal geliebt worden. Keine Frau hatte auf seiner Brust in völlig hingegebener Liebe geschlummert. Er kannte nicht das beglückende Bangen des Wartens, den überirdischen Schauder beim Händedruck, die Ekstase der alles überwindenden Leidenschaft.

Was für ein übermenschliches Glück musste einem das Herz überquellen lassen, wenn die Lippen sich zum erstenmal begegnen, wenn die Umschlingung von vier Armen ein einziges Wesen erschafft, ein über alle Maßen glückliches Wesen aus zwei Wesen, eins vom andern betört.

Herr Saval hatte sich hingesetzt, im Morgenrock, die Füße vorm Feuer.

Gewiss, sein Leben war verpfuscht, völlig verpfuscht. Doch auch er hatte geliebt. Er hatte heimlich, schmerzlich, gleichmütig geliebt, wie er alles tat. Ja, er hatte seine alte Freundin, Frau Sandres, geliebt, die Ehefrau seines alten Gefährten Sandres. Ha, wenn er die als Mädchen kennengelernt hätte! Aber er war ihr zu spät begegnet; sie war schon verheiratet.

trop tard; elle était déjà mariée. Certes, il l'aurait demandée, celle-là ! Comme il l'avait aimée pourtant, sans répit, depuis le premier jour !

Il se rappelait son émotion toutes les fois qu'il la revoyait, ses tristesses en la quittant, les nuits où il ne pouvait pas s'endormir parce qu'il pensait à elle.

Le matin, il se réveillait toujours un peu moins amoureux que le soir. Pourquoi?

Comme elle était jolie, autrefois, et mignonne, blonde, frisée, rieuse ! Sandres n'était pas l'homme qu'il lui aurait fallu. Maintenant, elle avait cinquante-huit ans. Elle semblait heureuse. Ah ! si elle l'avait aimé, celle-là, jadis; si elle l'avait aimé ! Et pourquoi ne l'aurait-elle pas aimé, lui, Saval, puisqu'il l'aimait bien, elle, Mme Sandres?

Si seulement elle avait deviné quelque chose … N'avait-elle rien deviné, n'avait-elle rien vu, rien compris jamais? Alors qu'aurait-elle pensé? S'il avait parlé, qu'aurait-elle répondu?

Et Saval se demandait mille autres choses. Il revivait sa vie, cherchait à ressaisir une foule de détails.

Il se rappelait toutes les longues soirées d'écarté chez Sandres, quand sa femme était jeune et si charmante.

Il se rappelait des choses qu'elle lui avait dites, des intonations qu'elle avait autrefois, des petits sourires muets qui signifiaient tant de pensées.

Il se rappelait leurs promenades, à trois, le long de la Seine, leurs déjeuners sur l'herbe, le dimanche, car Sandres était employé à la sous-préfecture. Et soudain le souvenir net lui revint d'un après-midi passé avec elle dans un petit bois le long de la rivière.

Wahrhaftig, um deren Hand hätte er angehalten! Wie sehr hatte er sie doch geliebt, ohne Unterlass, vom ersten Tage an!

Er dachte daran, wie bewegt er jedesmal gewesen war, wenn er sie wiedersah, wie betrübt, wenn er sie verließ, und an die Nächte, in denen er nicht einschlafen konnte, weil er in Gedanken bei ihr war.

Morgens erwachte er dann immer ein bisschen weniger verliebt als am Abend. Warum?

Wie hübsch war sie früher gewesen, liebreizend, blond, lockig, übermütig! Sandres war nicht der richtige Mann für sie. Jetzt war sie achtundfünfzig Jahre alt. Sie wirkte glücklich. Ach, wenn die ihn geliebt hätte, diese Frau, damals, wenn die ihn geliebt hätte! Und warum hätte sie ihn nicht lieben sollen, ihn, Saval, da er sie, Frau Sandres, doch liebte?

Wenn sie nur etwas gemerkt hätte … Hatte sie denn nichts gemerkt, nichts gesehen, nie etwas begriffen? Was hätte sie dann gedacht? Wenn er gesprochen hätte, was hätte sie geantwortet?

Saval stellte sich noch tausend andere Fragen. Er lebte sein Leben noch einmal, bemühte sich, möglichst viele Einzelheiten hervorzuholen.

Er erinnerte sich an die langen Abende beim Ecarté-Spiel mit Sandres, als dessen Frau noch jung und so bezaubernd war.

Er erinnerte sich an manches, das sie zu ihm gesagt hatte, Betonungen, die sie früher hatte, kleine leise Lächeln, die so viele Gedanken ausdrückten.

Er erinnerte sich der Ausflüge zu dritt an der Seine entlang, der Picknicks im Grünen am Sonntag, weil Sandres bei der Unterpräfektur arbeitete. Und da kam ihm auf einmal die deutliche Erinnerung an einen Nachmittag, den er mit ihr in einem neben dem Fluss gelegenen Wäldchen verbracht hatte.

Ils étaient partis le matin, emportant leurs provisions dans des paquets. C'était par une vive journée de printemps, une de ces journées qui grisent. Tout sent bon, tout semble heureux. Les oiseaux ont des cris plus gais et des coups d'ailes plus rapides. On avait mangé sur l'herbe, sous des saules, tout près de l'eau engourdie par le soleil. L'air était tiède, plein d'odeurs de sève; on le buvait avec délices. Qu'il faisait bon, ce jour-là !

Après le déjeuner, Sandres s'était endormi sur le dos: «Le meilleur somme de sa vie», disait-il en se réveillant.

Mme Sandres avait pris le bras de Saval, et ils étaient partis tous les deux le long de la rive.

Elle s'appuyait sur lui. Elle riait, elle disait: «Je suis grise, mon ami, tout à fait grise.» Il la regardait, frémissant jusqu'au cœur, se sentant pâlir, redoutant que ses yeux ne fussent trop hardis, qu'un tremblement de sa main ne révélât son secret.

Elle s'était fait une couronne avec de grandes herbes et des lis d'eau, et lui avait demandé: «M'aimez-vous, comme ça?»

Comme il ne répondait rien, – car il n'avait rien trouvé à répondre, il serait plutôt tombé à genoux, – elle s'était mise à rire, d'un rire mécontent, en lui jetant par la figure: «Gros bête, va ! On parle, au moins !»

Il avait failli pleurer sans trouver encore un seul mot.

Tout cela lui revenait maintenant, précis comme au premier jour. Pourquoi lui avait-elle dit cela: «Gros bête, va ! On parle, au moins !»

Et il se rappela comme elle s'appuyait tendrement sur lui. En passant sous un arbre penché, il avait senti son oreille, à elle, contre sa joue, à lui, et il s'était re-

Sie waren morgens aufgebrochen, Imbisspakete hatten sie dabei. Es war ein frischer Frühlingstag, ein Tag, der einen trunken machen konnte. Alles duftet, alles wirkt glücklich. Die Vögel rufen heiterer und bewegen ihre Flügel rascher. Man hatte im Gras unter den Weiden gleich an dem träge in der Sonne dahinfließenden Wasser gegessen. Die Luft, voller Gerüche von den aufsteigenden Säften, war lind und genüsslich einzuatmen. Welch ein wunderbarer Tag war das gewesen!

Nach dem Essen war Sandres auf dem Rücken eingeschlafen: «Der beste Schlummer meines Lebens», sagte er später, als er erwachte.

Frau Sandres hatte Savals Arm genommen, und die beiden waren am Ufer entlang fortgegangen.

Sie stützte sich auf ihn. Sie lachte und sagte: «Ich bin beschwipst, lieber Freund, völlig beschwipst.» Er sah sie an, und es durchschauerte ihn bis ins Herz; er spürte, dass er blass wurde, und fürchtete, dass seine Blicke zu verwegen sein könnten, dass ein Zittern der Hand sein Geheimnis verriete.

Sie hatte sich aus hohen Kräutern und Wasserlilien einen Kranz geflochten und ihn gefragt: «Gefalle ich Ihnen so?»

Da er nicht geantwortet hatte – denn er hatte nichts zu antworten gewußt, lieber wäre er auf die Knie gefallen –, hatte sie losgelacht, ein unzufriedenes Lachen, und ihm ins Gesicht gesagt: «Dummkopf, man kann doch wenigstens reden!»

Er hatte fast geweint, ohne auch nur ein einziges Wort zu finden.

Das alles fiel ihm jetzt wieder ein; es war deutlich wie am ersten Tag. Warum hatte sie das zu ihm gesagt: «Dummkopf, man kann doch wenigstens reden!»

Und er erinnerte sich, wie sie sich zärtlich auf ihn gestützt hatte. Als sie unter einem heruntergebogenen Baum durchkamen, hatte er ihr Ohr an seiner Wange gespürt und war

culé brusquement, dans la crainte qu'elle ne crût volontaire ce contact.

Quand il avait dit: « Ne serait-il pas temps de revenir? » elle lui avait lancé un regard singulier. Certes, elle l'avait regardé d'une curieuse façon. Il n'y avait pas songé, alors; et voilà qu'il s'en souvenait maintenant.

« Comme vous voudrez, mon ami. Si vous êtes fatigué, retournons. »

Et il avait répondu:

« Ce n'est pas que je sois fatigué; mais Sandres est peut-être réveillé maintenant. »

Et elle avait dit, en haussant les épaules:

« Si vous craignez que mon mari soit réveillé, c'est autre chose; retournons ! »

En revenant, elle demeura silencieuse; et elle ne s'appuyait plus sur son bras. Pourquoi?

Ce « pourquoi » là, il ne se l'était point encore posé. Maintenant il lui semblait apercevoir quelque chose qu'il n'avait jamais compris.

Est-ce que? …

M. Saval se sentit rougir, et il se leva bouleversé comme si, de trente ans plus jeune, il avait entendu Mme Sandres lui dire: « Je vous aime ! »

Était-ce possible? Ce soupçon qui venait de lui entrer dans l'âme le torturait ! Était-ce possible qu'il n'eût pas vu, pas deviné?

Oh ! si cela était vrai, s'il avait passé contre ce bonheur sans le saisir?

Il se dit: Je veux savoir. Je ne peux rester dans ce doute. Je veux savoir !

Et il s'habilla vite, se vêtant à la hâte. Il pensait: « J'ai soixante-deux ans, elle en a cinquante-huit; je peux bien lui demander cela. »

jäh zurückgewichen, weil er fürchtete, sie könnte seine Berührung für Absicht halten.

Als er gesagt hatte: «Wäre es nicht Zeit zum Umkehren?» hatte sie ihm einen seltsamen Blick zugeworfen. Ganz sicher, sie hatte ihn irgendwie merkwürdig angesehen. Er hatte das damals nicht beachtet, und jetzt, jetzt kam ihm die Erinnerung.

«Wie Sie meinen, lieber Freund. Wenn Sie müde sind, gehen wir zurück.»

Und er hatte erwidert:

«Nein, nicht weil ich müde bin, aber Sandres ist inzwischen vielleicht aufgewacht.»

Und sie hatte achselzuckend gesagt:

«Wenn Sie fürchten, mein Mann könnte aufgewacht sein, dann ist es etwas anderes. Kehren wir um!»

Auf dem Rückweg schwieg sie sich aus, und sie stützte sich auch nicht mehr auf seinen Arm. Warum?

Dieses «Warum», das hatte er sich noch nicht überlegt. Jetzt war es ihm, als entdecke er etwas, das er nie begriffen hatte.

Sollte? ...

Herr Saval spürte, dass er errötete, er stand auf und war so verwirrt, als habe er, dreißig Jahre jünger, Frau Sandres zu sich sagen gehört: «Ich liebe Sie!»

War es denn möglich? Diese Ahnung, die sich da in sein Gemüt geschlichen hatte, quälte ihn. War es möglich, dass er nichts gesehen, nichts gemerkt hatte?

Oh, wenn das wahr wäre, wenn er an diesem Glück vorbeigegangen wäre, ohne es zu ergreifen!

Er sagte sich: Ich will es wissen. Ich kann nicht mit diesem Zweifel leben. Ich will es wissen!

Er kleidete sich korrekt, zog sich hastig an. Er dachte: «Ich bin zweiundsechzig, sie achtundfünfzig; ich kann sie das getrost fragen.»

Et il sortit.

La maison de Sandres se trouvait de l'autre côté de la rue, presque en face de la sienne. Il s'y rendit. La petite servante vint ouvrir au coup de marteau.

Elle fut étonnée de le voir si tôt:

« Vous déjà, Monsieur Saval; est-il arrivé quelque accident? »

Saval répondit:

« Non, ma fille, mais va dire à ta maîtresse que je voudrais lui parler tout de suite

– C'est que Madame fait sa provison de confitures de poires pour l'hiver; et elle est dans son fourneau; et pas habillée, vous comprenez.

– Oui, mais dis-lui que c'est pour une chose très importante. »

La petite bonne s'en alla, et Saval se mit à marcher dans le salon, à grands pas nerveux. Il ne se sentait pas embarrassé cependant. Oh! il allait lui demander cela comme il lui aurait demandé une recette de cuisine. C'est qu'il avait soixante-deux ans!

La porte s'ouvrit; elle parut. C'était maintenant une grosse femme large et ronde, aux joues pleines, au rire sonore. Elle marchait les mains loin du corps et les manches relevées sur ses bras nus, poissés de jus sucré. Elle demanda, inquiète:

« Qu'est-ce que vous avez, mon ami; vous n'êtes pas malade? »

Il reprit:

« Non, ma chère amie, mais je veux vous demander une chose qui a pour moi beaucoup d'importance, et qui me torture le cœur. Me promettez-vous de me répondre franchement? »

Elle sourit.

Schon war er unterwegs.

Das Haus von Sandres befand sich auf der anderen Straßenseite, dem seinen fast gegenüber. Er ging hin. Auf sein Klopfen öffnete das kleine Dienstmädchen.

Sie war erstaunt, ihn so früh zu sehen:

«Oh, Sie sind es schon, Herr Saval; ist denn irgendetwas passiert?»

Saval erwiderte:

«Nein, mein Kind, aber sag deiner Herrin, dass ich sofort mit ihr sprechen möchte.»

«Aber die gnädige Frau macht ihre Birnenmarmelade für den Winter ein, sie ist am Herd zugange, nicht richtig angezogen, verstehen Sie.»

«Schon recht, aber sag ihr, es geht um etwas ganz Wichtiges.»

Das kleine Dienstmädchen ging hinein, und Saval begann nervös mit großen Schritten im Salon auf und ab zu gehen. Er hatte allerdings gar nicht das Gefühl, verlegen zu sein. Wieso denn! er würde sie danach fragen, wie er nach einem Kochrezept fragen würde. Immerhin war er zweiundsechzig Jahre alt!

Die Tür ging auf; sie erschien, eine schwere, breite, rundliche Frau jetzt, mit vollen Wangen und kräftigem Lachen. Sie bewegte sich mit abgespreizten Händen, die Ärmel über ihren von süßem Saft klebrigen Armen aufgekrempelt. Sie fragte ängstlich:

«Was haben Sie, mein Freund; Sie sind hoffentlich nicht krank?»

Er erklärte:

«Nein, liebe Freundin, aber ich möchte Sie etwas fragen, das für mich von großer Bedeutung ist und mir das Herz schwer macht. Versprechen Sie mir, dass Sie mir ganz offen antworten?»

Sie lächelte.

« Je suis toujours franche. Dites.

– Voilà. Je vous ai aimée du jour où je vous ai vue. Vous en étiez-vous doutée? »

Elle répondit en riant, avec quelque chose de l'intonation d'autrefois: « Gros bête, va! je l'ai bien vu du premier jour! »

Saval se mit à trembler; il balbutia:

« Vous le saviez? ... Alors ... »

Et il se tut.

Elle demanda:

« Alors? ... Quoi! »

Il reprit:

« Alors ... que pensiez-vous? ... que ... que ... Qu'auriez-vous répondu? »

Elle rit plus fort. Des gouttes de sirop lui coulaient au bout des doigts et tombaient sur le parquet.

« Moi? ... Mais vous ne m'avez rien demandé. Ce n'était pas à moi de vous faire une déclaration! »

Alors il fit un pas vers elle:

« Dites-moi ... dites-moi ... Vous rappelez-vous ce jour où Sandres s'est endormi sur l'herbe après déjeuner ... où nous avons été ensemble, jusqu'au tournant, là-bas ... »

Il attendit. Elle avait cessé de rire et le regardait dans les yeux:

« Mais certainement, je me le rappelle. »

Il reprit en frissonnant:

« Eh bien ... ce jour-là ... si j'avais été ... si j'avais été ... entreprenant ... qu'est-ce que vous auriez fait?! »

Elle se mit à sourire en femme heureuse qui ne regrette rien, et elle répondit franchement, d'une voix claire où pointait une ironie:

« J'aurais cédé, mon ami. »

«Ich bin immer offen. Nur heraus damit.»

«Also. Ich habe Sie vom ersten Augenblick an geliebt. Haben Sie das je gemerkt?»

Sie antwortete lachend, und ein bisschen war der Tonfall von einst wieder da:

«Dummkopf. Ich hab es doch am ersten Tag gespürt!»

Saval begann zu zittern; er stammelte:

«Sie haben es gewusst? … Aber dann …»

Und er verstummte.

Sie fragte:

«Dann? … Was dann?»

Er fuhr fort:

«Dann … Was haben Sie gedacht? … Dass … dass … Was hätten Sie geantwortet?»

Sie lachte noch mehr. Tropfen von Zuckersirup liefen ihr zu den Fingerspitzen und fielen auf das Parkett.

«Ich? … Aber Sie haben mich doch nichts gefragt. Es war doch nicht an mir, Ihnen eine Erklärung zu machen.»

Jetzt tat er einen Schritt auf sie zu:

«Sagen Sie mir … Sagen Sie mir … Erinnern Sie sich an den Tag, als Sandres nach dem Essen im Gras eingeschlafen war … Als wir miteinander bis zur Flussbiegung da hinten gegangen sind. …»

Er hielt inne. Sie hatte aufgehört zu lachen und sah ihm in die Augen:

«Aber gewiss, ich erinnere mich gut.»

Er versetzte bebend:

«Also schön … Also an dem Tag … Wenn ich … Wenn ich … wenn ich mich getraut hätte … Was hätten Sie getan?»

Sie lächelte, wie es eine glückliche Frau tut, die ohne Reue zurückblickt, und erwiderte frank und frei mit klarer Stimme, in der eine Spur Ironie mitschwang:

«Ich hätte nachgegeben, mein Freund.»

Puis elle tourna ses talons et s'enfuit vers ses confitures.

Saval ressortit dans la rue, atterré comme après un désastre. Il filait à grands pas sous la pluie, droit devant lui, descendant vers la rivière, sans songer où il allait. Quand il arriva sur la berge, il tourna à droite et la suivit. Il marcha longtemps, comme poussé par un instinct. Ses vêtements ruisselaient d'eau, son chapeau déformé, mou comme une loque, dégouttait à la façon d'un toit. Il allait toujours, toujours devant lui. Et il se trouva sur la place où ils avaient déjeuné au jour lointain dont le souvenir lui torturait le cœur.

Alors il s'assit sous les arbres dénudés, et il pleura.

Damit drehte sie sich um und entfloh zu ihren Marmeladen.

Saval ging hinaus auf die Straße, niedergeschlagen wie von einer Katastrophe. Mit weiten Schritten eilte er im Regen dahin, hinunter zum Fluss, ohne zu bedenken, wohin er ging. Als er an der Uferböschung stand, wendete er sich nach rechts und ging sie entlang. Lange marschierte er so weiter, wie von einem inneren Drang getrieben. Seine Kleidung troff vor Nässe, von seinem aus der Form geratenen Hut, der schlapp geworden war wie ein Lappen, rann es herab wie von einem Dach. Er eilte immer weiter, einfach geradeaus. Schließlich stand er an dem Platz, wo sie gepicknickt hatten jenes fernen Tages, an den zu denken ihm das Herz so schwer machte.

Und da setzte er sich unter die kahl gewordenen Bäume und weinte.

Un coup d'etat

Paris venait d'apprendre le désastre de Sedan. La République était proclamée. La France entière haletait au début de cette démence qui dura jusqu'après la Commune. On jouait au soldat d'un bout à l'autre du pays.

Des bonnetiers étaient colonels faisant fonctions de généraux; des revolvers et des poignards s'étalaient autour de gros ventres pacifiques enveloppés de ceintures rouges; des petits bourgeois devenus guerriers d'occasion commandaient des bataillons de volontaires braillards et juraient comme des charretiers pour se donner de la prestance.

Le seul fait de tenir des armes, de manier des fusils à système affolait ces gens qui n'avaient jusqu'ici manié que des balances, et les rendait, sans aucune raison, redoutables au premier venu. On exécutait des innocents pour prouver qu'on savait tuer; on fusillait, en rôdant par les campagnes vierges encore de Prussiens, les chiens errants, les vaches ruminant en paix, les chevaux malades pâturant dans les herbages.

Chacun se croyait appelé à jouer un grand rôle militaire. Les cafés des moindres villages, pleins de commerçants en uniforme, ressemblaient à des casernes ou à des ambulances.

Le bourg de Canneville ignorait encore les affolantes nouvelles de l'armée et de la capitale; mais une extrême agitation le remuait depuis un mois, les partis adverses se trouvant face à face.

Le maire, M. le vicomte de Varnetot, petit homme maigre, vieux déjà, légitimiste rallié à l'Empire de-

Ein Staatsstreich

Paris hatte soeben die Nachricht von der Katastrophe von Sedan erfahren. Die Republik war ausgerufen worden. Ganz Frankreich stöhnte unter dem Anfang des Wahnsinns, der bis nach dem Aufstand der Commune dauern sollte. Von einem Ende des Landes zum anderen spielte man Soldat.

Bescheidene Kurzwarenhändler waren nun Obersten und führten sich als Generäle auf; Revolver und Dolche hingen vor dicken, friedlichen Bäuchen, um die eine rote Schärpe geschlungen war; brave Kleinbürger befehligten als Gelegenheitskrieger Bataillone großsprecherischer Freiwilliger und fluchten wie die Droschkenkutscher, um sich ein Ansehen zu geben.

Die bloße Tatsache, dass sie Waffen hatten und mit Hinterladern umgingen, brachte diese Leute, die bis dahin nur ihre Krämerwaagen bedient hatten, völlig durcheinander und machte sie ganz überflüssigerweise zu einer Gefahr für jeden, der ihnen über den Weg lief. Sie erschossen harmlose Leute, um zu beweisen, dass sie töten konnten. Sie streiften durch das Land, das noch kein Preuße betreten hatte, und knallten streunende Hunde ab, friedlich wiederkäuende Kühe und lahme Pferde, die auf den Weiden grasten.

Jeder glaubte sich berufen, eine große militärische Rolle zu spielen. In den kleinsten Dörfern waren die Kneipen voll von Ladenbesitzern in Uniform und sahen aus wie Kasernen oder Feldlazarette.

In das Städtchen Canneville waren die Schreckensnachrichten von der Armee und aus der Hauptstadt noch nicht gedrungen, aber seit einem Monat herrschte größte Aufregung, weil sich die feindlichen Parteien unmittelbar gegenüberstanden.

Der Bürgermeister, der Vicomte von Varnetot, ein kleiner, hagerer, schon älterer Mann, ein Legitimist, der seit kurzem

puis peu, par ambition, avait vu surgir un adversaire déterminé dans le docteur Massarel, gros homme sanguin, chef du parti républicain dans l'arrondissement, vénérable de la loge maçonnique du chef-lieu, président de la Société d'agriculture et du banquet des pompiers, et organisateur de la milice rurale qui devait sauver la contrée.

En quinze jours, il avait trouvé le moyen de décider à la défense du pays soixante-trois volontaires mariés et pères de famille, paysans prudents et marchands du bourg, et il les exerçait, chaque matin, sur la place de la mairie.

Quand le maire, par hasard, venait au bâtiment communal, le commandant Massarel, bardé de pistolets, passant fièrement, le sabre en main, devant le front de sa troupe, faisait hurler à son monde: « Vive la patrie ! » Et ce cri, on l'avait remarqué, agitait le petit vicomte, qui voyait là sans doute une menace, un défi, en même temps qu'un souvenir odieux de la grande Révolution.

Le 5 septembre au matin, le docteur en uniforme, son revolver sur sa table, donnait une consultation à un couple de vieux campagnards, dont l'un, le mari, atteint de varices depuis sept ans, avait attendu que sa femme en eût aussi pour venir trouver le médecin, quand le facteur apporta le journal.

M. Massarel l'ouvrit, pâlit, se dressa brusquement, et, levant les deux bras au ciel dans un geste d'exaltation, il se mit à vociférer de toute sa voix devant les deux ruraux affolés:

– Vive la République ! vive la République ! vive la République !

Puis il retomba sur son fauteuil, défaillant d'émotion.

aus Ehrgeiz Anhänger des Kaiserreiches war, hatte einen entschlossenen Gegner in Doktor Massarel gefunden, einem dicken Sanguiniker, Haupt der Republikanischen Partei des Arrondissements, Meister vom Stuhl in der Freimaurerloge der Kreisstadt, Präsident der Landwirtschaftlichen Gesellschaft und des Feuerwehr-Festausschusses sowie Organisator der Landmiliz, die die Gegend schützen sollte.

Innerhalb von vierzehn Tagen hatte er es fertiggebracht, dreiundsechzig Freiwillige zur Verteidigung des Landes zu bewegen, Ehemänner und Familienväter, bedächtige Bauern und Kaufleute aus dem Ort, und jeden Morgen ließ er seine Leute auf dem Rathausplatz exerzieren.

Wenn der Bürgermeister zufällig um diese Zeit ins Rathaus ging, marschierte der Kommandant an der Spitze seiner Truppe, Pistolen im Gürtel, den Säbel in der Faust, stolz an ihm vorbei und ließ seine Leute brüllen: «Es lebe das Vaterland!» Dieser Ruf, das war allgemein aufgefallen, erboste den kleinen Vicomte, der darin zweifellos eine Drohung, eine Herausforderung und offenbar eine widerwärtige Erinnerung an die Große Revolution erblickte.

Am Morgen des 5. September behandelte der Doktor, in Uniform, den Revolver auf dem Tisch, ein altes Bauernpaar. Der Mann litt schon seit sieben Jahren an Krampfadern und hatte den Gang zum Arzt so lange hinausgeschoben, bis seine Frau auch welche bekommen hatte. In diesem Augenblick brachte der Briefträger die Zeitung.

Herr Massarel entfaltete sie, erbleichte, richtete sich ruckartig auf, hob beide Arme mit begeisterter Gebärde gen Himmel und rief zum Entsetzen der beiden Bauersleute aus vollem Halse:

«Es lebe die Republik! Es lebe die Republik! Es lebe die Republik!»

Dann fiel er ganz erschöpft vor Erregung wieder in seinen Sessel.

Et comme le paysan reprenait: « Ça a commencé par des fourmis qui me couraient censément le long des jambes », le docteur Massarel s'écria:

– Fichez-moi la paix; j'ai bien le temps de m'occuper de vos bêtises. La République est proclamée, l'empereur est prisonnier, la France est sauvée. Vive la République ! Et courant à la porte, il beugla: Céleste, vite, Céleste !

La bonne épouvantée accourut; il bredouillait tant il parlait rapidement.

– Mes bottes, mon sabre, ma cartouchière et le poignard espagnol qui est sur ma table de nuit: dépêche-toi !

Comme le paysan obstiné, profitant d'un instant de silence, continuait:

– Ça a devenu comme des poches qui me faisaient mal en marchant.

Le médecin exaspéré hurla:

– Fichez-moi donc la paix, nom d'un chien, si vous vous étiez lavé le pieds, ça ne serait pas arrivé.

Puis, le saisissant au collet, il lui jeta dans la figure:

– Tu ne sens donc pas que nous sommes en république, triple brute?

Mais le sentiment professionnel le calma tout aussitôt, et il poussa dehors le ménage abasourdi, en répétant:

– Revenez demain, revenez demain, mes amis. Je n'ai pas le temps aujourd'hui.

Tout en s'équipant des pieds à la tête, il donna de nouveau une série d'ordres urgents à sa bonne:

– Cours chez le lieutenant Picart et chez le sous-lieutenant Pommel, et dis-leur que je les attends

Und als der Bauer erneut ansetzte: «Das hat angefangen damit, dass es mir direkt wie Ameisen die Beine raufkrabbelte», schrie Doktor Massarel:

«Lasst mich in Ruhe; ich habe jetzt gerade Zeit, mich mit eurem Blödsinn abzugeben. Die Republik ist ausgerufen, der Kaiser ist gefangen, Frankreich ist gerettet. Es lebe die Republik!» Dann lief er zur Tür und brüllte: «Céleste, schnell, Céleste!»

Das Mädchen lief erschrocken herbei. Er verhaspelte sich, so schnell sprach er:

«Meine Stiefel, meinen Säbel, meine Patronentasche und den spanischen Dolch, der auf meinem Nachttisch liegt. Beeil dich!»

Der Bauer benutzte diesen Augenblick der Stille, um hartnäckig weiterzusprechen:

«Das wurde dann wie Beulen, die beim Gehen weh taten.»

Der Arzt schrie vor Aufregung:

«Lassen Sie mich doch in Ruhe, zum Donnerwetter! Wenn Sie sich die Füße gewaschen hätten, wäre es nicht passiert!»

Dann packte er ihn beim Kragen und schleuderte ihm die Worte ins Gesicht:

«Spürst du denn nicht, dass wir jetzt in einer Republik leben, du dreifaches Rindvieh?»

Aber sein Berufsinstinkt ließ ihn gleich wieder sanfter werden; er schob das verstörte Paar zur Tür hinaus und sagte:

«Kommt morgen wieder, kommt morgen wieder, liebe Leute. Heute habe ich keine Zeit.»

Indem er sich vom Kopf bis zum Fuß rüstete, gab er dem Mädchen eine Reihe weiterer dringender Anweisungen:

«Lauf zu Oberleutnant Picart und zu Leutnant Pommel und sag ihnen, dass ich sie unverzüglich hier erwarte.

ici immédiatement. Envoie-moi aussi Torchebeuf avec son tambour, vite, vite.

Et quand Céleste fut sortie, il se recueillit, se préparant à surmonter les difficultés de la situation.

Les trois hommes arrivèrent ensemble, en vêtement de travail. Le commandant, qui s'attendait à les voir en tenue, eut un sursaut.

– Vous ne savez donc rien, sacrebleu? L'empereur est prisonnier, la République est proclamée. Il faut agir. La situation est délicate, je dirai plus, périlleuse.

Il réfléchit quelques secondes devant les visages ahuris de ses subordonnés, puis reprit:

– Il faut agir et ne pas hésiter; les minutes valent des heures dans des instants pareils. Tout dépend de la promptitude des décisions. Vous, Picart, allez trouver le curé et sommez-le de sonner le tocsin pour réunir la population que je vais prévenir. Vous, Torchebeuf, battez le rappel dans toute la commune jusqu'aux hameaux de la Gerisaie et de Salmare pour rassembler la milice en armes sur la place. Vous, Pommel, revêtez promptement votre uniforme, rien que la tunique et le képi. Nous allons occuper ensemble la mairie et sommer M. de Varnetot de me remettre ses pouvoirs. C'est compris?

– Oui.

– Exécutez, et promptement. Je vous accompagne jusque chez vous, Pommel, puisque nous opérons ensemble.

Cinq minutes plus tard, le commandant et son subalterne, armés jusqu'aux dents, apparaissaient sur la place juste au moment où le petit vicomte de Varnetot, les jambes guêtrées comme pour une

Schick mir auch Torchebeuf mit seiner Trommel, schnell, schnell.»

Als Céleste weggelaufen war, rang er nach Fassung und bereitete sich darauf vor, die Schwierigkeiten der Lage zu meistern.

Die drei Männer kamen gleichzeitig an, und zwar in ihrem Arbeitszeug. Der Kommandant, der erwartet hatte, sie in Uniform zu sehen, sprang auf:

«Himmeldonnerwetter, wissen Sie denn von gar nichts? Der Kaiser ist gefangen, die Republik ist ausgerufen. Wir müssen handeln. Die Lage ist schwierig, ja geradezu gefährlich!»

Er überlegte ein paar Sekunden, während seine Untergebenen ihn entsetzt anstarrten, und sagte dann:

«Wir müssen handeln, ohne zu zögern; in solchen Augenblicken zählen Minuten wie Stunden. Alles hängt von der Schnelligkeit unserer Entschlüsse ab. Sie, Picart, gehen zum Pfarrer und fordern ihn auf, die Sturmglocke zu läuten, um die Bevölkerung zu versammeln, die ich aufklären werde. Sie, Torchebeuf, schlagen den Generalmarsch in der ganzen Gemeinde einschließlich der Weiler La Gerisaie und Salmare, damit die Miliz mit ihren Waffen auf dem Rathausplatz antritt. Sie, Pommel, ziehen sofort Ihre Uniform an, Waffenrock und Käppi genügen. Wir werden gemeinsam das Rathaus besetzen und Herrn von Varnetot auffordern, mir seine Befugnisse zu übertragen. Verstanden?»

«Jawohl.»

«Vorwärts marsch, und zwar ein bisschen flink. Ich begleite Sie nach Hause, Pommel, da wir zusammen operieren.»

Fünf Minuten später erschienen der Kommandant und sein Untergebener, bis an die Zähne bewaffnet, auf dem Platz – im selben Augenblick, in dem der kleine Vicomte, Gamaschen an den Beinen wie für die Jagd und seinen

partie de chasse, son lefaucheux sur l'épaule, débouchait à pas rapides par l'autre rue, suivi de ses trois gardes en tunique verte, le couteau sur la cuisse et le fusil en bandoulière.

Pendant que le docteur s'arrêtait, stupéfait, les quatre hommes pénétrèrent dans la mairie dont la porte se referma derrière eux.

– Nous sommes devancés, murmura le médecin, il faut maintenant attendre du renfort. Rien à faire pour le quart d'heure.

Le lieutenant Picart reparut :

– Le curé a refusé d'obéir, dit-il; il s'est même enfermé dans l'église avec le bedeau et le suisse.

Et, de l'autre côté de la place, en face de la mairie blanche et close, l'église muette et noire, montrait sa grande porte de chêne garnie de ferrures de fer.

Alors, comme les habitants intrigués mettaient le nez aux fenêtres ou sortaient sur le seuil des maisons, le tambour soudain roula, et Torchebeuf apparut, battant avec fureur les trois coups précipités du rappel. Il traversa la place au pas gymnastique, puis disparut dans le chemin des champs.

Le commandant tira son sabre, s'avança seul, à moitié distance environ entre les deux bâtiments où s'était barricadé l'ennemi et, agitant son arme au-dessus de sa tête, il mugit de toute la force de ses poumons :

– Vive la République ! Mort aux traîtres !

Puis il se replia vers ses officiers.

Le boucher, le boulanger et le pharmacien, inquiets, accrochèrent leurs volets et fermèrent leurs boutiques. Seul l'épicier demeura ouvert.

Verschlusslader auf der Schulter, mit schnellen Schritten aus der anderen Straße kam, gefolgt von seinen drei Aufsehern im grünen Rock, das Jagdmesser an der Seite und die Büchse am Riemen.

Während der Doktor verblüfft stehenblieb, betraten die vier Männer das Rathaus, und die Tür schloss sich hinter ihnen.

«Sie sind uns zuvorgekommen», murmelte der Arzt, «jetzt müssen wir Verstärkung abwarten. Für die nächste Viertelstunde ist nichts zu machen.»

Oberleutnant Picart erschien wieder:

«Der Pfarrer hat sich geweigert, zu gehorchen», sagte er, «er hat sich sogar mit dem Kirchendiener und dem Küster in der Kirche eingeschlossen.»

Auf der anderen Seite des Platzes, gegenüber dem weißen, verschlossenen Rathaus, stand stumm und schwarz die Kirche und zeigte ihr großes Eichentor mit den eisernen Beschlägen.

Da ertönte, während die neugierig gewordenen Einwohner die Nase aus den Fenstern streckten oder auf die Schwelle ihrer Häuser traten, plötzlich die Trommel; Torchebeuf erschien und schlug in wildem Eifer die drei schnellen Trommelwirbel des Generalmarsches. Er überquerte den Platz im Laufschritt und verschwand dann auf dem Weg in die Felder.

Der Kommandant zückte seinen Säbel, rückte allein bis etwa zur Mitte zwischen den beiden Gebäuden, in denen sich der Feind verbarrikadiert hatte, vor, schwang seine Waffe über dem Kopf und brüllte mit der ganzen Kraft seiner Lungen:

«Es lebe die Republik! Tod den Verrätern!»

Dann zog er sich wieder zu seinen Offizieren zurück.

Der Schlachter, der Bäcker und der Apotheker verriegelten ängstlich ihre Fensterläden und schlossen ihre Geschäfte. Nur der Krämer hielt seines offen.

Cependant les hommes de la milice arrivaient peu à peu, vêtus diversement et tous coiffés d'un képi noir à galon rouge, le képi constituant tout l'uniforme du corps. Ils étaient armés de leurs vieux fusils rouillés, ces vieux fusils pendus depuis trente ans sur les cheminées des cuisines, et ils ressemblaient assez à un détachement de gardes champêtres.

Lorsqu'il en eut une trentaine autour de lui, le commandant, en quelques mots, les mit au fait des événements; puis, se tournant vers son état-major: « Maintenant, agissons, » dit-il.

Les habitants se rassemblaient, examinaient et devisaient.

Le docteur eut vite arrêté son plan de campagne:

– Lieutenant Picart, vous allez vous avancer sous les fenêtres de cette mairie et sommer M. de Varnetot, au nom de la République, de me remettre la maison de ville.

Mais le lieutenant, un maître maçon, refusa:

– Vous êtes encore un malin, vous. Pour me faire flanquer un coup de fusil, merci. Ils tirent bien, ceux qui sont là dedans, vous savez. Faites vos commissions vous-même.

Le commandant devint rouge:

– Je vous ordonne d'y aller au nom de la discipline.

Le lieutenant se révolta:

– Plus souvent que je me ferai casser la figure sans savoir pourquoi.

Les notables, rassemblés en un groupe voisin, se mirent à rire. Un d'eux cria:

– T'as raison, Picart, c'est pas l'moment!

Le docteur, alors, murmura:

– Lâches!

Unterdessen trafen nach und nach die Männer der Miliz ein, ganz verschieden gekleidet, aber jeder ein schwarzes Käppi mit roter Tresse auf dem Kopf. Das Käppi bildete die ganze Uniform dieser Armee. Sie waren mit alten, verrosteten Flinten bewaffnet, die schon seit dreißig Jahren über dem Küchenherd gehangen hatten, und sahen eher wie eine Abteilung von Feldhütern aus.

Als ungefähr dreißig Mann um ihn versammelt waren, teilte ihnen der Kommandant in wenigen Worten die Ereignisse mit. Dann wandte er sich an seinen Generalstab und sagte: «Jetzt heißt es handeln!»

Die Leute des Dorfes waren zusammengeströmt; sie gafften und redeten miteinander.

Der Doktor hatte seinen Feldzugsplan schnell gefasst:

«Oberleutnant Picart, Sie werden jetzt bis unter die Fenster dieses Rathauses vorrücken und Herrn von Varnetot im Namen der Republik auffordern, mir das Gebäude zu übergeben.»

Aber der Oberleutnant, ein Maurermeister, weigerte sich:

«Sie sind mir ein schöner Schlaumeier! Ich soll mir wohl eins aufbrennen lassen? Besten Dank! Die da drinnen schießen gut, wissen Sie. Erledigen Sie Ihre Aufträge doch selber.»

Der Kommandant lief rot an:

«Ich gebe Ihnen den dienstlichen Befehl, hinzugehen!»

Der Oberleutnant lehnte sich auf:

«Ich werde mich gerade für nichts und wieder nichts abknallen lassen.»

Die Honoratioren, die in einer Gruppe in der Nähe standen, begannen zu lachen. Einer von ihnen rief:

«Recht hast du, Picart, das ist nicht der richtige Augenblick!»

Da murmelte der Doktor:

«Feiglinge!»

Et, déposant son sabre et son revolver aux mains d'un soldat, il s'avança d'un pas lent, l'œil fixé sur les fenêtres, s'attendant à en voir sortir un canon de fusil braqué sur lui.

Comme il n'était qu'à quelques pas du bâtiment, les portes des deux extrémités donnant entrée dans les deux écoles s'ouvrirent, et un flot de petits êtres, garçons par-ci, filles par-là, s'en échappèrent et se mirent à jouer sur la grande place vide, piaillant, comme un troupeau d'oies, autour du docteur, qui ne pouvait se faire entendre.

Aussitôt les derniers élèves sortis, les deux portes s'étaient refermées.

Le gros des marmots enfin se dispersa, et le commandant appela d'une voix forte:

– Monsieur de Varnetot?

Une fenêtre du premier étage s'ouvrit. M. de Varnetot parut.

Le commandant reprit:

– Monsieur, vous savez les grands événements qui viennent de changer la face du gouvernement. Celui que vous représentiez n'est plus. Celui que je représente monte au pouvoir. En ces circonstances douleureuses, mais décisives, je viens vous demander, au nom de la nouvelle République, de remettre en mes mains les fonctions dont vous avez été investi par le précédent pouvoir.

M. de Varnetot répondit:

– Monsieur le docteur, je suis maire de Canneville, nommé par l'autorité compétente, et je resterai maire de Canneville tant que je n'aurai pas été révoqué et remplacé par un arrêté de mes supérieurs. Maire, je suis chez moi dans la mairie, et j'y reste. Au surplus, essayez de m'en faire sortir.

Und nachdem er seinen Säbel und seinen Revolver einem Soldaten übergeben hatte, ging er mit langsamen Schritten vor, die Augen starr auf die Fenster gerichtet, aus denen wohl gleich ein Gewehrlauf auf ihn gerichtet werden würde.

Als er nur noch wenige Schritte von dem Gebäude entfernt war, öffneten sich die Türen an den beiden Flügeln, die in die zwei Schulen führen, und eine Flut von Kindern quoll heraus, die Jungen auf der einen, die Mädchen auf der anderen Seite. Schnatternd wie eine Herde Gänse begannen sie auf dem großen, leeren Platz um den Doktor herum zu spielen, der sich kein Gehör verschaffen konnte.

Sobald die letzten Schüler heraus waren, hatten sich die beiden Türen wieder geschlossen.

Schließlich hatten sich die meisten Kinder verlaufen, und der Kommandant rief mit lauter Stimme:

«Herr von Varnetot!»

Ein Fenster im ersten Stock ging auf. Herr von Varnetot erschien.

Der Kommandant setzte wieder an:

«Mein Herr, Sie wissen, welche großen Ereignisse die Regierungsform verändert haben. Diejenige, die Sie vertreten haben, hat aufgehört zu bestehen. Diejenige, die ich vertrete, ist an die Macht gelangt. In dieser tragischen, aber entscheidungsschweren Lage fordere ich Sie im Namen der neuen Republik auf, die Befugnisse, die Ihnen von der alten Regierung übertragen worden sind, mir zu übergeben.»

Herr von Varnetot erwiderte:

«Herr Doktor, ich bin Bürgermeister von Canneville, von der zuständigen Behörde ernannt, und ich werde Bürgermeister von Canneville bleiben, solange ich nicht durch einen Befehl meiner Vorgesetzten abberufen und abgelöst werde. Als Bürgermeister bin ich hier im Rathaus an meinem Platz und werde an diesem Platz bleiben. Im übrigen: Versuchen Sie doch, mich daraus zu vertreiben.»

Et il referma la fenêtre.

Le commandant retourna vers sa troupe. Mais, avant de s'expliquer, toisant du haut en bas le lieutenant Picart:

– Vous êtes un crâne, vous; un fameux lapin, la honte de l'armée. Je vous casse de votre grade.

Le lieutenant répondit:

– Je m'en fiche un peu.

Et il alla se mêler au groupe murmurant des habitants.

Alors le docteur hésita. Que faire? Donner l'assaut? Mais ses hommes marcheraient-ils? Et puis, en avait-il le droit?

Une idée l'illumina. Il courut au télégraphe dont le bureau faisait face à la mairie, de l'autre côté de la place. Et il expédia trois dépêches:

À MM. les membres du gouvernement républicain, à Paris;

À M. le nouveau préfet républicain de la Seine-Inférieure, à Rouen;

À M. le nouveau sous-préfet républicain de Dieppe.

Il exposait la situation, disait le danger couru par la commune demeurée aux mains de l'ancien maire monarchiste, offrait ses services dévoués, demandait des ordres et signait en faisant suivre son nom de tous ses titres.

Puis il revint vers son corps d'armée et, tirant dix francs de sa poche: « Tenez, mes amis, allez manger et boire un coup; laissez seulement ici un détachement de dix hommes pour que personne ne sorte de la mairie. »

Mais l'ex-lieutenant Picart, qui causait avec l'horloger, entendit; il se mit à ricaner et prononça: « Pardi, s'ils sortent, ce sera une occasion

Und damit schloss er das Fenster.

Der Kommandant kehrte zu seiner Truppe zurück. Aber bevor er seine Anordnungen traf, musterte er Oberleutnant Picart verächtlich von oben bis unten:

«Sie sind ein Großmaul, Sie; ein schöner Hasenfuß, eine Schande für die Armee. Ich degradiere Sie.»

Der Oberleutnant antwortete:

«Das ist mir völlig schnuppe.»

Und damit verschwand er in der Gruppe der schwatzenden Dorfleute.

Der Doktor überlegte. Was sollte er tun? Angreifen lassen? Würden seine Leute aber gehorchen? Und vor allem: Hatte er das Recht dazu?

Da kam ihm der erleuchtende Einfall. Er lief zum Telegraphenamt, das gegenüber vom Rathaus an der anderen Seite des Platzes lag, und gab drei Depeschen auf:

An die Herren Mitglieder der republikanischen Regierung in Paris;

An den neuen republikanischen Präfekten des Départements Seine-Inférieure in Rouen;

An den neuen republikanischen Unterpräfekten in Dieppe.

Er erklärte die Lage, schilderte die Gefahr, in der sich die Gemeinde unter dem alten kaisertreuen Bürgermeister befand, bot seine ergebenen Dienste an, erbat Befehle und unterzeichnete, indem er alle seine Titel hinter seinen Namen setzte.

Dann kehrte er zu seinem Armeekorps zurück, zog zehn Franken aus der Tasche und sagte: «Nehmt das, liebe Freunde, geht und esst und trinkt etwas. Nur eine Abteilung von zehn Mann bleibt hier und passt auf, dass niemand das Rathaus verlässt.»

Ex-Oberleutnant Picart aber, der sich mit dem Uhrmacher unterhielt, hörte das, machte sich darüber lustig und erklärte: «Mein Gott, wenn die rausgehen, wäre das doch eine Gele-

d'entrer. Sans ça, je ne vous vois pas encore là-dedans, moi ! »

Le docteur ne répondit pas, et il alla déjeuner.

Dans l'après-midi, il disposa des postes tout autour de la commune, comme si elle était menacée d'une surprise.

Il passa plusieurs fois devant les portes de la maison de ville et de l'église sans rien remarquer de suspect; on aurait cru vides ces deux bâtiments.

Le boucher, le boulanger et le pharmacien rouvrirent leurs boutiques.

On jasait beaucoup dans les logis. Si l'empereur était prisonnier, il y avait quelque traîtrise là-dessous. On ne savait pas au juste laquelle des républiques était revenue.

La nuit tomba.

Vers neuf heures, le docteur s'approcha seul, sans bruit, de l'entrée du bâtiment communal, persuadé que son adversaire était parti se coucher; et, comme il se disposait à enfoncer la porte à coups de pioche, une voix forte, celle d'un garde, demanda tout à coup:

– Qui va là?

Et M. Massarel battit en retraite à toutes jambes.

Le jour se leva sans que rien fût changé dans la situation.

La milice en armes occupait la place. Tous les habitants s'étaient réunis autour de cette troupe, attendant une solution. Ceux des villages voisins arrivaient pour voir.

Alors, le docteur, comprenant qu'il jouait sa réputation, résolut d'en finir d'une manière ou d'une autre; et il allait prendre une résolution quelconque, énergique assurément, quand la porte du télé-

genheit, reinzukommen. Sonst sehe ich Sie nämlich noch nicht da drinnen! »

Der Doktor antwortete nicht und ging zum Mittagessen.

Am Nachmittag stellte er rings um die Gemeinde Posten auf, als drohte ihr ein Handstreich.

Mehrere Male ging er an den Türen des Rathauses und der Kirche vorbei. Aber er bemerkte nichts Verdächtiges; die beiden Gebäude waren wie ausgestorben.

Der Schlachter, der Bäcker und der Apotheker machten ihre Läden wieder auf.

In den Häusern wurde eifrig diskutiert. Wenn der Kaiser gefangen war, musste irgendwie Verrat im Spiele sein. Man wusste auch nicht genau, welche Republik wiedergekommen war.

Die Nacht brach herein.

Gegen neun Uhr näherte sich der Doktor lautlos allein dem Eingang des Rathauses, weil er glaubte, dass sein Widersacher zum Schlafen nach Hause gegangen sei. Als er sich aber daran machte, die Tür mit der Spitzhacke einzuschlagen, fragte plötzlich die laute Stimme eines Aufsehers von drinnen:

« Wer da? »

Und Herr Massarel trat schleunigst den Rückzug an.

Der Morgen graute, ohne dass sich die Lage geändert hätte.

Die bewaffnete Miliz hielt den Platz besetzt. Alle Dorfleute hatten sich um die Truppe versammelt und warteten auf eine Entscheidung. Die Bewohner der Nachbardörfer kamen, um zuzuschauen.

Da erkannte der Doktor, dass sein Ruf auf dem Spiel stand. Er beschloss, die Sache zu Ende zu bringen, egal wie. Gerade wollte er einen Entschluss fassen, einen sehr energischen zweifellos, als die Tür des Telegraphenamtes aufging

graphe s'ouvrit et la petite servante de la directrice parut, tenant à la main deux papiers.

Elle se dirigea d'abord vers le commandant et lui remit une des dépêches; puis, traversant le milieu désert de la place, intimidée par tous les yeux fixés sur elle, baissant la tête et trottant menu, elle alla frapper doucement à la maison barricadée, comme si elle eût ignoré qu'un parti armé s'y cachait.

L'huis s'entre-bâilla; une main d'homme reçut le message, et la fillette revint, toute rouge, prête à pleurer, d'être dévisagée ainsi par le pays entier.

Le docteur commanda d'une voix vibrante:

– Un peu de silence, s'il vous plaît.

Et comme le populaire s'était tu, il reprit fièrement:

– Voici la communication que je reçois du gouvernement. Et, élevant sa dépêche, il lut:

ANCIEN MAIRE RÉVOQUÉ VEUILLEZ AVISER AU PLUS PRESSÉ RECEVREZ INSTRUCTIONS ULTÉRIEURES

POUR LE SOUS-PRÉFET

SAPIN CONSEILLER

Il triomphait; son cœur battait de joie; ses mains tremblaient, mais Picart, son ancien subalterne, lui cria d'un groupe voisin:

– C'est bon, tout ça; mais si les autres ne sortent pas, ça vous fait une belle jambe, votre papier.

Et M. Massarel pâlit. Si les autres ne sortaient pas, en effet, il fallait aller de l'avant maintenant. C'était non seulement son droit, mais aussi son devoir.

Et il regardait anxieusement la mairie, espérant qu'il allait voir la porte s'ouvrir et son adversaire se replier.

und das Dienstmädchen der Vorsteherin herauskam, zwei Zettel in der Hand.

Sie ging zunächst auf den Kommandanten zu und übergab ihm eine der Depeschen; dann überquerte sie mit gesenktem Kopf und kleinen Trippelschritten, eingeschüchtert durch die vielen auf sie gerichteten Blicke, die menschenleere Mitte des Platzes und klopfte leise an das verrammelte Gebäude, als wüsste sie nicht, dass sich darin eine bewaffnete Schar verbarg.

Die Tür öffnete sich einen Spalt. Eine Männerhand nahm die Botschaft entgegen; hochrot und dem Weinen nahe, weil das ganze Dorf sie anstarrte, ging das Mädchen zurück.

Der Doktor befahl mit erregter Stimme:

«Ruhe, wenn ich bitten darf!»

Als das Volk verstummt war, fuhr er stolz fort:

«Ich erhalte soeben folgende Mitteilung der Regierung.» Und indem er die Depesche hochhielt, las er:

BISHERIGER BUERGERMEISTER ABGESETZT SORGEN SIE FUER DAS NOETIGSTE WEITERE ANWEISUNGEN FOLGEN

FUER DEN UNTERPRAEFEKTEN

SAPIN AMTSRAT

Er frohlockte. Sein Herz schlug vor Freude, seine Hände zitterten. Aber Picart, sein ehemaliger Untergebener, rief ihm aus einer in der Nähe stehenden Gruppe zu:

«Das ist ja schön und gut. Aber wenn die anderen nicht raus wollen, nützt Ihnen der Wisch da einen Dreck.»

Massarel erbleichte. Wenn die anderen nicht herauskommen wollten, musste er jetzt wirklich zum Angriff übergehen. Das war nicht nur sein Recht, sondern seine Pflicht.

Sorgenvoll betrachtete er das Rathaus. Er hoffte, die Tür werde sich öffnen und der Gegner seinen Rückzug antreten.

La porte restait fermée. Que faire? La foule augmentait, se serrait autour de la milice. On riait.

Une réflexion surtout torturait le médecin. S'il donnait l'assaut, il faudrait marcher à la tête de ses hommes; et comme, lui mort, toute contestation cesserait, c'était sur lui, sur lui seul que tireraient M. de Varnetot et ses trois gardes. Et ils tiraient bien, très bien; Picart venait encore de le lui répéter. Mais une idée l'illumina et, se tournant vers Pommel:

– Allez vite prier le pharmacien de me prêter une serviette et un bâton.

Le sous-lieutenant se précipita.

Il allait faire un drapeau parlementaire, un drapeau blanc dont la vue réjouirait peut-être le cœur légitimiste de l'ancien maire.

Pommel revint avec le linge demandé et un manche à balai. Au moyen de ficelles, on organisa cet étendard que M. Massarel saisit à deux mains; et il s'avança de nouveau vers la mairie en le tenant devant lui. Lorsqu'il fut en face de la porte, il appela encore: «Monsieur de Varnetot?» La porte s'ouvrit soudain, et M. de Varnetot apparut sur le seuil avec ses trois gardes.

Le docteur recula par un mouvement instinctif; puis il salua courtoisement son ennemi et prononça, étranglé par l'émotion: «Je viens, Monsieur, vous communiquer les instructions que j'ai reçues.»

Le gentilhomme, sans lui rendre son salut, répondit: «Je me retire, Monsieur, mais sachez bien que ce n'est ni par crainte, ni par obéissance à l'odieux gouvernement qui usurpe le pouvoir.» Et, appuyant sur chaque mot, il déclara: «Je ne veux

Die Tür blieb geschlossen. Was tun? Die Menschenmenge wurde immer größer und drängte sich um die Miliz. Es wurde gelacht.

Eine Überlegung quälte den Arzt besonders. Wenn er angreifen ließ, musste er an der Spitze seiner Männer vorgehen, und da mit seinem Tode jegliche Auseinandersetzung hinfällig wäre, würden Herr von Varnetot und seine drei Aufseher auf ihn schießen, auf ihn allein. Und sie schossen gut, sehr gut sogar; Picart hatte es ihm ja gerade wieder gesagt! Plötzlich hatte er einen Einfall; er wandte sich an Pommel:

«Gehen Sie schnell zum Apotheker und bitten Sie ihn, mir ein Handtuch und einen Stock zu leihen.»

Der Leutnant stürzte davon.

Er wollte eine Parlamentärsfahne herstellen, eine weiße Fahne, deren Anblick vielleicht das legitimistische Herz des Ex-Bürgermeisters anrühren würde.

Pommel kam mit dem verlangten Wäschestück und einem Besenstiel wieder. Mit Hilfe von Bindfäden bastelte man die Standarte zusammen. Herr Massarel ergriff sie mit beiden Händen und zog von neuem zum Rathaus, wobei er sie vor sich hochhielt. Als er vor der Tür angelangt war, rief er wieder: «Herr von Varnetot!» Mit einem Ruck ging die Tür auf, und Herr von Varnetot erschien mit seinen drei Aufsehern auf der Schwelle.

Der Doktor wich unwillkürlich etwas zurück; dann aber grüßte er seinen Feind höflich und erklärte mit vor Erregung erstickter Stimme: «Mein Herr, ich komme, um Ihnen die Anordnungen mitzuteilen, die ich empfangen habe.»

Ohne seinen Gruß zu erwidern, antwortete der Edelmann: «Mein Herr, ich ziehe mich zurück. Seien Sie sich aber darüber klar, dass dies nicht aus Furcht geschieht oder aus Gehorsam gegenüber der mir verhassten Regierung, die sich die Macht angemaßt hat.» Und indem er jedes Wort betonte,

pas avoir l'air de servir un seul jour la République. Voilà tout. »

Massarel, interdit, ne répondit rien; et M. de Varnetot, se mettant en marche d'un pas rapide, disparut au coin de la place, suivi toujours de son escorte.

Alors le docteur, éperdu d'orgueil, revint vers la foule. Dès qu'il fut assez près pour se faire entendre, il cria : « Hurrah ! hurrah ! La République triomphe sur toute la ligne. »

Aucune émotion ne se manifesta.

Le médecin reprit : « Le peuple est libre, vous êtes libres, indépendants. Soyez fiers ! »

Les villageois inertes le regardaient sans qu'aucune gloire illuminât leurs yeux.

À son tour, il les contempla, indigné de leur indifférence, cherchant ce qu'il pourrait dire, ce qu'il pourrait faire pour frapper un grand coup, électriser ce pays placide, remplir sa mission d'initiateur.

Mais une inspiration l'envahit et, se tournant vers Pommel : « Sous-lieutenant, allez chercher le buste de l'ex-empereur qui est dans la salle des délibérations du conseil municipal, et apportez-le avec une chaise. »

Et bientôt l'homme reparut portant sur l'épaule droite le Bonaparte de plâtre, et tenant de la main gauche une chaise de paille.

M. Massarel vint au-devant de lui, prit la chaise, la posa par terre, plaça dessus le buste blanc, puis se reculant de quelques pas, l'interpella d'une voix sonore :

« Tyran, tyran, te voici tombé, tombé dans la boue, tombé dans la fange. La patrie expirante râlait sous ta botte. Le Destin vengeur t'a frappé.

erklärte er: «Es soll nicht so aussehen, als habe ich auch nur einen Tag der Republik gedient. Das ist alles.»

Massarel war so verblüfft, dass er nichts erwiderte. Herr von Varnetot machte sich mit schnellen Schritten auf den Weg und verschwand, immer noch in Begleitung seiner Aufseher, um die Ecke des Platzes.

Der Doktor kehrte stolzgeschwellt zu der gaffenden Menge zurück. Sowie er nahe genug herangekommen war, um gehört zu werden, rief er: «Hurra! Hurra! Die Republik siegt auf der ganzen Linie!»

Aber es wollte sich keine Erregung zeigen.

Der Arzt fuhr fort: «Das Volk ist frei, ihr seid frei, unabhängig. Seid stolz darauf!»

Die trägen Dorfleute sahen ihn an, ohne dass ein Funken der Begeisterung in ihre Augen trat.

Er seinerseits, entrüstet über ihre Gleichgültigkeit, betrachtete sie und überlegte, was er wohl sagen könnte, was er tun könnte, um mit einem Schlage dieses beschauliche Dorf zu elektrisieren und seine Aufgabe als Erwecker zu erfüllen.

Da kam ihm ein neuer Gedanke. Er wandte sich an Pommel: «Leutnant, holen Sie die Büste des Ex-Kaisers aus dem Sitzungszimmer des Gemeinderats und bringen Sie auch einen Stuhl mit.»

Bald darauf kam der Mann wieder. Auf der rechten Schulter trug er den gipsernen Bonaparte, in der linken Hand einen Stuhl mit Strohsitz.

Herr Massarel ging ihm entgegen, nahm den Stuhl, setzte ihn auf die Erde, stellte die weiße Büste darauf und redete sie mit rollender Stimme an, nachdem er ein paar Schritte zurückgetreten war:

«Tyrann, Tyrann, du bist gestürzt, in den Schmutz, in den Kot gestürzt. Das sterbende Vaterland hat röchelnd unter deinem Stiefel gelegen. Das rächende Schicksal hat dich ge-

La défaite et la honte se sont attachées à toi; tu tombes vaincu, prisonnier du Prussien; et, sur les ruines de ton empire croulant, la jeune et radieuse République se dresse, ramassant ton épée brisée ... »

Il attendait des applaudissements. Aucun cri, aucun battement de mains n'éclata. Les paysans effarés se taisaient; et le buste aux moustaches pointues qui dépassaient les joues de chaque côté, le buste immobile et bien peigné comme une enseigne de coiffeur, semblait regarder M. Massarel avec son sourire de plâtre, un sourire ineffaçable et moqueur.

Ils demeuraient ainsi face à face, Napoléon sur sa chaise, le médecin debout, à trois pas de lui. Une colère saisit le commandant. Mais que faire? que faire pour émouvoir ce peuple et gagner définitivement cette victoire de l'opinion?

Sa main, par hasard, se posa sur son ventre, et il rencontra, sous sa ceinture rouge, la crosse de son revolver.

Aucune inspiration, aucune parole ne lui venaient plus. Alors, il tira son arme, fit deux pas et, à bout portant, foudroya l'ancien monarque.

La balle creusa dans le front un petit trou noir, pareil à une tache, presque rien. L'effet était manqué. M. Massarel tira un second coup, qui fit un second trou, puis un troisième, puis, sans s'arrêter, il lâcha les trois derniers. Le front de Napoléon volait en poussière blanche, mais les yeux, le nez et les fines pointes des moustaches restaient intacts.

Alors exaspéré, le docteur renversa la chaise d'un coup de poing et, appuyant un pied sur le reste du buste, dans une posture de triomphateur,

schlagen. Niederlage und Schande sind mit deinem Namen verbunden. Du stürzt als Besiegter, als Gefangener der Preußen, und auf den Trümmern deines zerfallenden Reiches erhebt sich strahlend die junge Republik und hebt deinen zerbrochenen Degen wieder auf …»

Er erwartete Beifall. Aber kein Ausruf, kein Händeklatschen war zu hören. Die verstörten Bauern schwiegen, und die Büste mit ihren spitzen Schnurrbartenden, die auf beiden Seiten über die Wangen ragten, die unbewegliche und wie die Schaufensterpuppe eines Friseurs wohlgekämmte Büste schien Herrn Massarel mit ihrem gipsernen Lächeln, ihrem unauslöschlichen, spöttischen Lächeln anzublicken.

So standen sie sich Auge in Auge gegenüber, Napoleon auf seinem Stuhl, der Arzt aufrecht drei Schritte vor ihm. Der Kommandant wurde wütend. Aber was sollte er tun, um dieses Volk aufzurütteln und endgültig den Sieg über die öffentliche Meinung davonzutragen?

Zufällig legte er die Hand auf den Bauch, und unter der roten Schärpe fühlte er den Griff des Revolvers.

Kein Gedanke, kein zündendes Wort wollte ihm mehr einfallen. Da zog er seine Waffe, ging zwei Schritte vor und schoss aus unmittelbarer Nähe auf den ehemaligen Herrscher.

Die Kugel bohrte ein kleines Loch, einen winzigen Fleck in die Stirn, kaum zu sehen. Die Wirkung war verpufft. Herr Massarel gab einen zweiten Schuss ab, der ein zweites Loch schlug, dann einen dritten, und schließlich die drei übrigen. Napoleons Stirn flog als weißer Staub davon, aber die Augen, die Nase und die dünnen Schnurrbartspitzen blieben unversehrt.

Da warf der Doktor, keuchend vor Wut, den Stuhl mit einem Faustschlag um, stellte in Siegerpose den Fuß auf das, was von der Büste noch übrig war, wandte sich dem

il se tourna vers le public abasourdi en vociférant: « Périssent ainsi tous les traîtres ! »

Mais comme aucun enthousiasme ne se manifestait encore, comme les spectateurs semblaient stupides d'étonnement, le commandant cria aux hommes de la milice: « Vous pouvez maintenant regagner vos foyers. » Et il se dirigea lui-même à grands pas vers sa maison, comme s'il eût fui.

Sa bonne, dès qu'il parut, lui dit que des malades l'attendaient depuis plus de trois heures dans son cabinet. Il y courut. C'étaient les deux paysans aux varices, revenus dès l'aube, obstinés et patients.

Et le vieux aussitôt reprit son explication: « Ça a commencé par des fourmis qui me couraient censément le long des jambes ... »

verdutzten Publikum zu und schrie: «So sollen alle Verräter umkommen!»

Aber als sich immer noch keine Begeisterung zeigen wollte und die Zuschauer starr vor Staunen dastanden, rief der Kommandant den Männern der Miliz zu: «Sie können jetzt heimgehen!» Er selbst eilte mit großen Schritten, so rasch, als fliehe er, seinem Hause zu.

Das Dienstmädchen sagte ihm, sobald er erschien, dass schon seit über drei Stunden Patienten in seinem Sprechzimmer warteten. Er ging hastig hinein. Es waren die beiden Bauersleute mit den Krampfadern, die stur und geduldig bei Tagesanbruch wiedergekommen waren.

Und der Alte begann gleich wieder zu erklären: «Das hat angefangen damit, dass mir direkt Ameisen die Beine raufkrabbelten …»

Garçon, un bock!

Pourquoi suis-je entré, ce soir-là, dans cette brasserie? Je n'en sais rien. Il faisait froid. Une fine pluie, une poussière d'eau voltigeait, voilait les becs de gaz d'une brume transparente, faisait luire les trottoirs que traversaient les lueurs des devantures, éclairant la boue humide et les pieds sales des passants.

Je n'allais nulle part. Je marchais un peu après dîner. Je passais le Crédit Lyonnais, la rue Vivienne, d'autres rues encore. J'aperçus soudain une grande brasserie à moitié pleine. J'entrai, sans aucune raison. Je n'avais pas soif.

D'un coup d'œil, je cherchai une place où je ne serais point trop serré, et j'allai m'asseoir à côté d'un homme qui me parut vieux et qui fumait une pipe de deux sous, en terre, noire comme un charbon. Six ou huit soucoupes de verre, empilées sur la table devant lui, indiquaient le nombre de bocks qu'il avait absorbés déjà. Je n'examinai pas mon voisin. D'un coup d'œil j'avais reconnu un bockeur, un de ces habitués de brasserie qui arrivent le matin, quand on ouvre, et s'en vont le soir, quand on ferme. Il était sale, chauve du milieu du crâne, tandis que de longs cheveux gras, poivre et sel, tombaient sur le col de sa redingote. Ses habits trop larges semblaient avoir été faits au temps où il avait du ventre. On devinait que le pantalon ne tenait guère et que cet homme ne pouvait faire dix pas sans rajuster et retenir ce vêtement mal attaché. Avait-il un gilet? La seule pensée des bottines et de ce qu'elles enfermaient me terrifia. Les manchettes effilochées étaient complètement noires du bord, comme les ongles.

Herr Ober, ein Bier!

Was trieb mich an dem Abend in dieses Lokal? Ich weiß es nicht. Es war kalt. Nieselregen zog in Schwaden durch die Luft, hüllte die Gaslaternen in durchsichtigen Dunst, ließ die Gehsteige im Licht der Schaufenster aufleuchten und erhellte den nassen Straßenschlamm und die schmutzigen Füße der Vorübereilenden.

Ich hatte kein Ziel, vertrat mir nach dem Abendessen nur ein wenig die Beine. Ich kam am Crédit Lyonnais vorbei, durchquerte die Rue Vivienne und noch andere Straßen. Plötzlich stand ich vor einem halb gefüllten Bierlokal. Ohne Grund ging ich hinein, Durst hatte ich nicht.

Ich hielt Ausschau nach einem Platz, wo ich nicht allzu beengt wäre und setzte mich neben einen Mann, der mir alt vorkam und eine billige kohlrabenschwarze Tonpfeife rauchte. Sechs oder acht auf dem Tisch vor ihm aufgestapelte Bierfilze deuteten auf die Anzahl der Gläser hin, die er schon geleert hatte. Ich schaute meinen Tischnachbarn nicht näher an. Mit einem Blick hatte ich ihn als Biertrinker erkannt, einen dieser Stammgäste, die vormittags, sobald geöffnet wird, kommen und erst abends, wenn das Lokal schließt, wieder gehen. Er war schmutzig, hatte auf der Schädelmitte eine Glatze, zugleich fielen lange, fettige, graumelierte Haare auf den Kragen seines Gehrocks. Seine zu weiten Kleider sahen aus, als stammten sie aus einer Zeit, da er noch beleibter war. Man ahnte, dass sich die Hose in der Taille nicht hielt und dass der Mann keine zehn Schritte machen konnte, ohne das schlecht sitzende Kleidungsstück hochzuziehen und festzuhalten. Hatte er eine Weste an? Allein der Gedanke an seine Stiefel und deren Inhalt ließ mich schaudern. Die ausgefransten Manschetten hatten völlig schwarze Ränder, seine Fingernägel auch.

Dès que je fus assis à son côté, ce personnage me dit d'une voix tranquille: «Tu vas bien?»

Je me tournai vers lui d'une secousse et je le dévisageai. Il reprit: «Tu ne me reconnais pas?

– Non!

– Des Barrets.»

Je fus stupéfait. C'était le comte Jean des Barrets, mon ancien camarade de collège.

Je lui serrai la main, tellement interdit que je ne trouvai rien à dire.

Enfin, je balbutiai: «Et toi, tu vas bien?»

Il répondit placidement: «Moi, comme je peux.»

Il se tut, je voulus être aimable, je cherchai une phrase: «Et … qu'est-ce que tu fais?»

Il répliqua avec résignation: «Tu vois.»

Je me sentis rougir. J'insistai: «Mais tous les jours?»

Il prononça, en soufflant d'épaisses bouffées de fumée: «Tous les jours c'est la même chose.»

Puis, tapant sur le marbre de la table avec un sou qui traînait, il s'écria: «Garçon, deux bocks!»

Une voix lointaine répéta: «Deux bocks au quatre!» Une autre voix plus éloignée encore lança un «Voilà!» suraigu. Puis un homme en tablier blanc apparut, portant les deux bocks dont il répandait, en courant, les gouttes jaunes sur le sol sablé.

Des Barrets vida d'un trait son verre et le reposa sur la table, pendant qu'il aspirait la mousse restée en ses moustaches.

Puis il demanda: «Et quoi de neuf?»

Je ne savais rien de neuf à lui dire, en vérité. Je balbutiai: «Mais rien, mon vieux. Moi je suis commerçant.»

Il prononça de sa voix toujours égale: «Et … ça t'amuse?

Kaum saß ich neben ihm, sagte der Mann mit ruhiger Stimme: «Geht's dir gut?»

Ich drehte mich mit einem Ruck zu ihm um und starrte ihn an. Er fuhr fort: «Erkennst du mich nicht?»

«Nein!»

«Des Barrets.»

Ich war wie vom Donner gerührt. Es war Graf Jean des Barrets, ein ehemaliger Klassenkamerad.

Ich gab ihm die Hand, die Stimme versagte mir, ich brachte kein Wort heraus.

Schließlich stammelte ich: «Und wie geht's dir?»

Er antwortete gleichmütig: «Wie's halt so geht.»

Er schwieg. Ich wollte mich freundlich geben und suchte nach einer Anknüpfung: «Und ... was machst du so?»

Mutlos entgegnete er: «Das siehst du ja.»

Ich spürte, wie ich rot wurde, und fragte nach: «Doch nicht jeden Tag?»

Er paffte dicke Rauchwolken und bestätigte: «Jeden Tag dasselbe.»

Dann pochte er mit einer herumliegenden Fünf-Centimes-Münze auf den Marmortisch und rief: «Herr Ober, zwei Bier!»

Weiter weg wiederholte eine Stimme: «Zwei Bier für Tisch vier!» Aus noch größerer Entfernung ertönte mit schriller Stimme: «Jawoll!» Dann erschien ein Kellner in weißer Schürze mit zwei Gläsern Bier und verschüttete beim Rennen gelbe Tropfen auf den sandigen Boden.

Des Barrets leerte sein Glas in einem Zug und stellte es auf den Tisch zurück, während er den Schaum einsog, der im Schnurrbart hängengeblieben war.

Dann fragte er: «Was gibt's Neues?»

Ich wusste nichts Neues zu berichten und stammelte: «Tja ... nichts, altes Haus. Ich bin Geschäftsmann.»

Mit unveränderter Stimme fragte er weiter: «Und ... macht's Spaß?»

– Non, mais que veux-tu? Il faut bien faire quelque chose!

– Pourquoi ça?

– Mais … pour s'occuper.

– A quoi ça sert-il? Moi, je ne fais rien, comme tu vois, jamais rien. Quand on n'a pas le sou, je comprends qu'on travaille. Quand on a de quoi vivre, c'est inutile. A quoi bon travailler? Le fais-tu pour toi ou pour les autres? Si tu le fais pour toi, c'est que ça t'amuse, alors très bien; si tu le fais pour les autres, tu n'es qu'un niais.»

Puis, posant sa pipe sur le marbre, il cria de nouveau: «Garçon, un bock!» et reprit: «Ça me donne soif, de parler. Je n'en ai pas l'habitude. Oui, moi, je ne fais rien, je me laisse aller, je vieillis. En mourant je ne regretterai rien. Je n'aurai pas d'autre souvenir que cette brasserie. Pas de femme, pas d'enfants, pas de soucis, pas de chagrins, rien. Ça vaut mieux.»

Il vida le bock qu'on lui avait apporté, passa sa langue sur ses lèvres et reprit sa pipe.

Je le considérais avec stupeur. Je lui demandai:

«Mais tu n'as pas toujours été ainsi?

– Pardon, toujours, dès le collège.

– Ce n'est pas une vie, ça, mon bon. C'est horrible. Voyons, tu fais bien quelque chose, tu aimes quelque chose, tu as des amis.

– Non. Je me lève à midi. Je viens ici, je déjeune, je bois des bocks, j'attends la nuit, je dîne, je bois des bocks; puis, vers une heure et demie du matin, je retourne me coucher, parce qu'on ferme. C'est ce qui m'embête le plus. Depuis dix ans, j'ai bien passé six années sur cette banquette, dans mon coin; et le reste dans mon lit, jamais ailleurs. Je cause quelquefois avec des habitués.

«Nein, aber was soll's? Irgendwas muss man doch tun!»

«Warum denn?»

«Na, um sich zu beschäftigen.»

«Und wozu soll das gut sein? Wie du siehst, mache ich nie etwas, nie. Wer kein Geld hat, muss arbeiten, das ist klar. Wenn man genug zum Leben hat, ist es überflüssig. Wozu denn arbeiten? Machst du's für dich oder für die anderen? Wenn du's für dich selber tust, macht es dir ja wohl Spaß, na dann soll's recht sein; wenn du für andere arbeitest, bist du bloß ein Trottel.»

Dann legte er die Pfeife auf die Marmorplatte und rief wieder «Herr Ober, ein Bier!» und fügte hinzu: «Das Reden macht mich durstig. Ich bin es nicht gewohnt. Tja, ich mache nichts, ich lasse mich gehen, ich werde alt. Wenn ich sterbe, habe ich nichts zu bereuen. Als Erinnerung bleibt mir nur dieses Bierlokal. Keine Frau, keine Kinder, keine Sorgen, kein Kummer, rein gar nichts. Das ist doch besser so.»

Er leerte das Glas, das man ihm inzwischen gebracht hatte, leckte sich die Lippen und nahm die Pfeife wieder.

Ich sah ihn bestürzt an und fragte:

«Aber du warst doch nicht immer so?»

«Oh doch, immer, seit der Schulzeit.»

«Das ist doch kein Leben, mein Lieber. Das ist ja grauenhaft. Hör mal, irgendetwas machst du bestimmt, du freust dich über etwas, hast vielleicht Freunde.»

«Nein. Gegen Mittag stehe ich auf, gehe hierher, esse zu Mittag, trinke Bier, warte auf den Abend, esse wieder und trinke mein Bier; so gegen halb zwei Uhr morgens gehe ich zum Schlafen nach Hause, weil das Lokal schließt. Das ärgert mich am allermeisten. Von den letzten zehn Jahren habe ich bestimmt sechs hier in der Ecke auf meiner Bank verbracht; und den Rest der Zeit in meinem Bett, nie woanders. Manchmal unterhalte ich mich mit Stammgästen.»

– Mais, en arrivant à Paris, qu'est-ce que tu as fait tout d'abord?

– J'ai fait mon droit … au café de Médicis.

– Mais après?

– Après … j'ai passé l'eau et je suis venu ici.

– Pourquoi as-tu pris cette peine?

– Que veux-tu, on ne peut pas rester toute sa vie au Quartier Latin. Les étudiants font trop de bruit. Maintenant je ne bougerai plus. Garçon, un bock! »

Je croyais qu'il se moquait de moi. J'insistai.

« Voyons, sois franc. Tu as eu quelque gros chagrin? Un désespoir d'amour, sans doute? Certes, tu es un homme que le malheur a frappé. Quel âge as-tu?

– J'ai trente-trois ans. Mais j'en parais au moins quarante-cinq. »

Je le regardai bien en face. Sa figure ridée, mal soignée, semblait presque celle d'un vieillard. Sur le sommet du crâne, quelques longs cheveux voltigeaient au-dessus de la peau d'une propreté douteuse. Il avait des sourcils énormes, une forte moustache et une barbe épaisse. J'eus brusquement, j e ne sais pourquoi, la vision d'une cuvette pleine d'eau noirâtre, l'eau où aurait été lavé tout ce poil.

Je lui dis: « En effet, tu as l'air plus vieux que ton âge. Certainement tu as eu des chagrins. »

Il répliqua: « Je t'assure que non. Je suis vieux parce que je ne prends jamais l'air. Il n'y a rien qui détériore les gens comme la vie de café. »

Je ne le pouvais croire: « Tu as bien aussi fait la noce? On n'est pas chauve comme tu l'es sans avoir beaucoup aimé. »

Il secoua tranquillement le front, semant sur son dos les petites choses blanches qui tombaient de ses

«Aber als du nach Paris kamst, was hast du da zuerst gemacht?»

«Ich studierte Jura ... im Café de Médicis.»

«Und danach?»

«Dann ... habe ich die Seine-Seite gewechselt und bin hier gelandet.»

«Warum hast du dir die Mühe gemacht?»

«Ach, man kann doch nicht ein Leben lang im Quartier Latin bleiben. Die Studenten sind zu laut. Ein zweites Mal ziehe ich nicht mehr um. Herr Ober, ein Bier!»

Ich dachte, er mache sich über mich lustig, und ließ nicht locker.

«Hör zu, sag's ehrlich. Plagt dich großer Kummer? Womöglich eine hoffnungslose Liebe? Wahrscheinlich bist du ein vom Schicksal geschlagener Mann. Wie alt bist du?»

«Ich bin dreiunddreißig; man hält mich aber bestimmt für mindestens fünfundvierzig.»

Ich schaute ihn mir genauer an. Sein runzeliges, ungepflegtes Gesicht wirkte fast greisenhaft. Über der Kopfhaut von zweifelhafter Sauberkeit flatterten ein paar lange Haare. Er hatte buschige Augenbrauen, einen starken Schnurrbart und dichtes Barthaar. Ich weiß nicht warum, aber plötzlich sah ich eine Waschschüssel vor mir, voll mit schwärzlichem Wasser, in dem diese Haare gewaschen worden waren.

Ich sagte: «Du wirkst tatsächlich älter, als du bist. Bestimmt hast du großes Leid hinter dir.»

Er erwiderte: «Nein, wirklich nicht. Ich bin alt, weil ich nie an die frische Luft gehe. Nichts schadet dem Menschen so sehr wie das Kneipenleben.»

Ich konnte es nicht fassen: «Du hast doch bestimmt viel geliebt? Jemand, der so kahl ist wie du, ist kein Kostverächter.»

Er schüttelte ruhig den Kopf, wobei sein Rücken mit kleinen weißen Schuppen verunziert wurde, die aus seinen letz-

derniers cheveux: « Non, j'ai toujours été sage. » Et levant les yeux vers le lustre qui nous chauffait la tête: « Si je suis chauve, c'est la faute du gaz. Il est l'ennemi du cheveu. – Garçon, un bock! – Tu n'as pas soif?

– Non, merci. Mais vraiment tu m'intéresses. Depuis quand as-tu un pareil découragement? Ça n'est pas normal, ça n'est pas naturel. Il y a quelque chose là-dessous.

– Oui, ça date de mon enfance. J'ai reçu un coup, quand j'étais petit, et cela m'a tourné au noir pour jusqu'à la fin.

– Quoi donc?

– Tu veux le savoir? écoute.

Tu te rappelles bien le château où je fus élevé, puisque tu y es venu cinq ou six fois pendant les vacances? Tu te rappelles ce grand bâtiment gris, au milieu d'un grand parc, et les longues avenues de chênes, ouvertes vers les quatre points cardinaux! Tu te rappelles mon père et ma mère, tous les deux cérémonieux, solennels et sévères.

J'adorais ma mère; je redoutais mon père, et je les respectais tous les deux, accoutumé d'ailleurs à voir tout le monde courbé devant eux. Ils étaient, dans le pays, M. le comte et Mme la comtesse; et nos voisins aussi, les Tannemare, les Ravalet, les Brenneville, montraient pour mes parents une considération supérieure.

J'avais alors treize ans. J'étais gai, content de tout, comme on l'est à cet âge-là, tout plein du bonheur de vivre.

Or, vers la fin de septembre, quelques jours avant ma rentrée au collège, comme je jouais à faire le loup dans les massifs du parc, courant au milieu des branches et des feuilles, j'aperçus, en traversant une avenue, papa et maman qui se promenaient.

ten Haaren fielen: «Nein, ich war immer zurückhaltend.» Und indem er den Blick nach oben auf die Gaslampe richtete, die uns den Kopf wärmte, sagte er: «Wenn ich kahl bin, so ist das Gas daran schuld. Das ist Gift für die Haare. – Herr Ober, ein Bier! – Hast du keinen Durst?»

«Nein, danke. Aber dein Leben interessiert mich wirklich. Seit wann bist du so entmutigt? Das ist nicht normal, das gibt's gar nicht. Da steckt etwas dahinter.»

«Ja, das reicht in meine Kindheit zurück. Ich hatte einen Schock, als ich noch klein war, und das hat mich in den Abgrund gestürzt bis zum Ende meiner Tage.»

«Was war das?»

«Möchtest du es wirklich wissen? Dann hör zu.

Du erinnerst dich sicher an das Schloss, in dem ich aufgewachsen bin. Du hast mich ja fünf- oder sechsmal in den Ferien dort besucht. Erinnerst du dich an das große graue Gebäude mitten in dem weitläufigen Park? An die langen Eichenalleen, die sich in die vier Himmelsrichtungen öffneten? Erinnerst du meinen Vater und meine Mutter, beide förmlich, würdevoll und streng?

Meine Mutter liebte ich über alles, meinen Vater fürchtete ich, vor beiden hatte ich Hochachtung und fand es auch ganz normal, dass jedermann vor ihnen katzbuckelte. Alle am Ort nannten sie Graf und Gräfin; und auch unsere Nachbarn, die Tannemares, Ravelets und Brennevilles begegneten meinen Eltern mit besonderer Ehrerbietung.

Damals war ich dreizehn. Ich war vergnügt, mit mir und der Welt zufrieden, wie man eben in diesem Alter ist: voller Lebensfreude.

Als ich nun gegen Ende September, wenige Tage vor meiner Rückkehr ins Internat, über die Blumenbeete des Parks mitten durch Gestrüpp und Laub rannte und den bösen Wolf spielte, erblickte ich beim Überqueren einer Allee Papa und Mama beim Spaziergang.

Je me rappelle cela comme d'hier. C'était par un jour de grand vent. Toute la ligne des arbres se courbait sous les rafales, gémissait, semblait pousser des cris, de ces cris sourds, profonds, que les forêts jettent dans les tempêtes.

Les feuilles arrachées, jaunes déjà, s'envolaient comme des oiseaux, tourbillonnaient, tombaient puis couraient tout le long de l'allée, ainsi que des bêtes rapides.

Le soir venait. Il faisait sombre dans les fourrés. Cette agitation du vent et des branches m'excitait, me faisait galoper comme un fou, et hurler pour imiter les loups.

Dès que j'eus aperçu mes parents, j'allai vers eux à pas furtifs, sous les branches, pour les surprendre, comme si j'eusse été un rôdeur véritable.

Mais je m'arrêtai, saisi de peur, à quelques pas d'eux. Mon père, en proie à une terrible colère, criait:

«Ta mère est une sotte; et, d'ailleurs, ce n'est pas de ta mère qu'il s'agit, mais de toi. Je te dis que j'ai besoin de cet argent, et j'entends que tu signes.»

Maman répondit, d'une voix ferme:

«Je ne signerai pas. C'est la fortune de Jean, cela. Je la garde pour lui et je ne veux pas que tu la manges encore avec des filles et des servantes, comme tu as fait de ton héritage.»

Alors papa, tremblant de fureur, se retourna, et saisissant sa femme par le cou, il se mit à la frapper avec l'autre main de toute sa force, en pleine figure.

Le chapeau de maman tomba, ses cheveux dénoués se répandirent; elle essayait de parer les coups, mais elle n'y pouvait parvenir. Et papa, comme fou, frappait, frappait. Elle roula par terre, cachant sa face dans ses deux bras. Alors il la renversa sur le dos

Ich erinnere mich daran, als sei es gestern gewesen. Es war ein windiger Tag. Die ganze Baumreihe bog sich unter den Windböen, ächzte, schien dumpfe, tiefe Schreie auszustoßen wie ein Wald im Sturm.

Die losgerissenen, herbstlich gelben Blätter flogen wie Vögel durch die Luft, wirbelten durcheinander, fielen herab und wuselten dann wie schnell laufende Tiere die Allee entlang.

Die Dämmerung brach herein. Im Dickicht war es schon dunkel. Die Bewegung der Zweige im Wind feuerte mich an, wie ein Verrückter sprang ich herum und ahmte das Heulen der Wölfe nach.

Kaum hatte ich meine Eltern entdeckt, schlich ich mich hinter den Zweigen an, um sie zu überrumpeln, so als sei ich wirklich ein Landstreicher.

Aber nur wenige Schritte von ihnen entfernt, blieb ich erschrocken stehen: Ich hörte meinen Vater in einem fürchterlichen Wutanfall brüllen:

‹Deine Mutter hat keine Ahnung; außerdem geht es nicht um sie, sondern um dich. Ich erkläre hiermit, dass ich das Geld brauche und von dir erwarte, dass du unterschreibst.›

Darauf erwiderte Mama mit klarer Stimme:

‹Ich unterschreibe nicht. Das Vermögen gehört Jean. Ich hebe es für ihn auf und gestatte nicht, dass du es mit Dirnen und Dienstmädchen so verplemperst, wie du dein Erbe vertan hast.›

Da drehte sich mein Vater wutschnaubend um, packte seine Frau am Hals und begann, sie mit der anderen Hand zu schlagen, mit seiner ganzen Kraft, mitten ins Gesicht.

Mamas Hut flog weg, die aufgelösten Haare breiteten sich aus; sie versuchte, den Schlägen auszuweichen, es gelang ihr nicht. Und wie ein Irrer schlug Papa immerzu auf sie ein. Sie ließ sich auf den Boden fallen, bedeckte mit beiden Armen ihr Gesicht. Da drehte er sie wieder auf den

pour la battre encore, écartant les mains dont elle se couvrait le visage.

Quant à moi, mon cher, il me semblait que le monde allait finir, que les lois éternelles étaient changées. J'éprouvais le bouleversement qu'on a devant les choses surnaturelles, devant les catastrophes monstrueuses, devant les irréparables désastres. Ma tête d'enfant s'égarait, s'affolait. Et je me mis à crier de toute ma force, sans savoir pourquoi, en proie à une épouvante, à une douleur, à un effarement épouvantables. Mon père m'entendit, se retourna, m'aperçut, et, se relevant, s'en vint vers moi. Je crus qu'il m'allait tuer et je m'enfuis comme un animal chassé, courant tout droit devant moi, dans le bois.

J'allai peut-être une heure, peut-être deux, je ne sais pas. La nuit était venue, je tombai sur l'herbe, et je restai là éperdu, dévoré par la peur, rongé par un chagrin capable de briser à jamais un pauvre cœur d'enfant. J'avais froid, j'avais faim peut-être. Le jour vint. Je n'osais plus me lever, ni marcher, ni revenir, ni me sauver encore, craignant de rencontrer mon père que je ne voulais plus revoir.

Je serais peut-être mort de misère et de famine au pied de mon arbre, si le garde ne m'avait découvert et ramené de force.

Je trouvai mes parents avec leur visage ordinaire. Ma mère me dit seulement: «Comme tu m'as fait peur, vilain garçon, j'ai passé la nuit sans dormir.» Je ne répondis point, mais je me mis à pleurer. Mon père ne prononça pas une parole.

Huit jours plus tard, je rentrais au collège.

Eh bien, mon cher, c'était fini pour moi. J'avais vu l'autre face des choses, la mauvaise; je n'ai plus aperçu la bonne depuis ce jour-là. Que s'est-il passé

Rücken, schlug weiter zu und riss ihr die schützenden Hände vom Gesicht.

Mir, mein Lieber, mir schien, die Welt gehe unter und die ewigen Gesetze seien außer Kraft. Ich erlitt eine Erschütterung, wie übernatürliche Geschehnisse, gewaltige Katastrophen oder verheerende Zusammenbrüche sie auslösen. Mein kindliches Gemüt geriet außer sich, wurde verrückt. Ohne zu wissen, was ich tat, fing ich an zu schreien vor Entsetzen, Schmerz und fürchterlicher Verwirrung. Mein Vater hörte mich, drehte sich um, entdeckte mich, stand auf und kam auf mich zu. Ich dachte, er würde mich töten und floh wie ein gejagtes Tier in den Wald.

Vielleicht lief ich eine Stunde, vielleicht auch zwei; ich weiß es nicht. Als die Nacht hereingebrochen war, fiel ich erschöpft ins Gras und blieb dort verzweifelt und voller Angst liegen, vom Schmerz überwältigt, der eine arme Kinderseele für immer zerbrechen kann. Mir war kalt, vielleicht hatte ich Hunger. Es wurde Tag. Ich wagte nicht auf zustehen, nicht zu laufen oder zurückzukehren, nicht weiter zu fliehen: Ich fürchtete, meinem Vater zu begegnen, den ich nie wieder sehen wollte.

Womöglich wäre ich am Fuß des Baumes vor Elend und Hunger gestorben, hätte mich nicht der Aufseher gefunden und gewaltsam zurückgebracht.

Meine Eltern fand ich mit dem gewohnten Gesichtsausdruck vor. Meine Mutter sagte nur: ‹Wie hast du mir Angst gemacht, ungezogener Kerl! Ich habe die ganze Nacht nicht geschlafen.› Ich antwortete nicht, fing aber an zu weinen. Mein Vater sagte kein einziges Wort.

Eine Woche später kehrte ich ins Internat zurück.

Ja, mein Lieber, damit war für mich alles aus. Ich hatte die Kehrseite der Dinge gesehen, die üble Seite; für die gute fehlte mir seit jenem Tag der Blick. Was hat sich in meinem Geist abgespielt? Welch sonderbarer Vorgang

dans mon esprit? Quel phénomène étrange m'a retourné les idées? Je l'ignore. Mais je n'ai plus eu de goût pour rien, envie de rien, d'amour pour personne, de désir quelconque, d'ambition ou d'espérance. Et j'aperçois toujours ma pauvre mère, par terre, dans l'allée, tandis que mon père l'assommait. – Maman est morte après quelques années. Mon père vit encore. Je ne l'ai pas revu. – Garçon, un bock! …

On lui apporta un bock qu'il engloutit d'une gorgée. Mais, en reprenant sa pipe, comme il tremblait, il la cassa. Alors il eut un geste désespéré, et il dit: « Tiens! C'est un vrai chagrin, ça, par exemple. J'en ai pour un mois à en culotter une nouvelle. »

Et il lança à travers la vaste salle, pleine maintenant de fumée et de buveurs, son éternel cri: « Garçon, un bock – et une pipe neuve! »

hat meine Gedanken verwirrt? Ich weiß es nicht. Aber ich hatte an nichts mehr Freude, zu nichts mehr Lust, für niemanden mehr Gefühle, keinerlei Wunsch, Ehrgeiz, Hoffnung. Immer wieder sehe ich meine arme Mutter vor mir, wie sie in der Allee am Boden lag und mein Vater auf sie einschlug. – Mama starb einige Jahre danach. Mein Vater lebt noch. Ich habe ihn nie wieder gesehen. – Herr Ober, ein Bier! ...»

Man brachte ihm sein Bier, das er in einem Zug hinunterstürzte. Als er aber mit zittrigen Händen die Pfeife wieder nahm, zerbrach sie ihm. Dann sagte er, mit einer resignierten Bewegung: «Ach, was für ein Jammer, sowas aber auch! Ich brauche einen ganzen Monat, um eine neue einzurauchen.»

Und durch den großen, nun von Rauch und Trinkern gefüllten Wirtsraum erschallte sein steter Ruf: «Herr Ober, ein Bier – und eine neue Pfeife!»

Le baptême

Devant la porte de la ferme, les hommes endimanchés attendaient. Le soleil de mai versait sa claire lumière sur les pommiers épanouis, ronds comme d'immenses bouquets blancs, roses et parfumés, et qui mettaient sur la cour entière un toit de fleurs. Ils semaient sans cesse autour d'eux une neige de pétales menus, qui voltigeaient et tournoyaient en tombant dans l'herbe haute, où les pissenlits brillaient comme des flammes, où les coquelicots semblaient des gouttes de sang.

Une truie somnolait sur le bord du fumier, le ventre énorme, les mamelles gonflées, tandis qu'une troupe de petits porcs tournaient autour, avec leur queue roulée comme une corde.

Tout à coup, là-bas, derrière les arbres des fermes, la cloche de l'église tinta. Sa voix de fer jetait dans le ciel joyeux son appel faible et lointain. Des hirondelles filaient comme des flèches à travers l'espace bleu qu'enfermaient les grands hêtres immobiles. Une odeur d'étable passait parfois, mêlée au souffle doux et sucré des pommiers.

Un des hommes debout devant la porte se tourna vers la maison et cria:

– Alons, allons, Mélina, v'là que ça sonne!

Il avait peut-être trente ans. C'était un grand paysan, que les longs travaux des champs n'avaient point encore courbé ni déformé. Un vieux, son père, noueux comme un tronc de chêne, avec des poignets bossués et des jambes torses, déclara:

– Les femmes, c'est jamais prêt, d'abord.

Les deux autres fils du vieux se mirent à rire, et

Die Taufe

Vor dem Tor des Bauernhofes warteten die Männer im Sonntagsstaat. Die Maisonne goss ihr helles Licht auf die blühenden Apfelbäume, die wie riesige kugelige, rosaweiße, duftende Blumensträuße aussahen und über den ganzen Hof ein Blütendach breiteten. Unaufhörlich ließen sie einen Schnee von kleinen Blütenblättern herabrieseln, die sich in der Luft wiegten und in das hohe Gras sanken, wo der Löwenzahn flammend leuchtete und die Mohnblumen wie Blutstropfen glühten.

Eine Sau mit unförmigem Bauch und geschwellten Zitzen lag vor dem Misthaufen, und um sie herum wimmelte eine Schar von Ferkeln, deren Schwänzchen sich wie Bindfäden ringelten.

Plötzlich erklang hinter den Bäumen der Bauernhöfe die Glocke der Kirche. Die metallene Stimme warf ihren schwachen, fernen Ruf in den jauchzenden Himmel. Schwalben schossen wie Pfeile durch den blauen Raum zwischen den großen, stillen Buchen. Von Zeit zu Zeit wehte ein Geruch nach Stall vorbei, vermischt mit dem milden, zuckersüßen Hauch der Apfelbäume.

Einer von den Männern, die da vor der Tür standen, wandte sich zum Haus und rief:

«Los, komm schon, Mélina, es läutet schon!»

Er mochte dreißig Jahre alt sein. Ein großer Bauer, den die unablässige Feldarbeit noch nicht gebeugt und entstellt hatte. Ein alter Mann, sein Vater, knorrig wie ein Eichenstamm, mit knotigen Handgelenken und krummen Beinen, erklärte:

«Die Frauen, die sind überhaupt nie fertig.»

Die beiden anderen Söhne des Alten begannen zu

l'un, se tournant vers le frère aîné, qui avait appelé le premier, lui dit:

– Va les quérir, Polyte. All' viendront point avant midi.

Et le jeune homme entra dans sa demeure.

Une bande de canards arrêtée près des paysans se mit à crier en battant des ailes; puis ils partirent vers la mare de leur pas lent et balancé.

Alors, sur la porte demeurée ouverte, une grosse femme parut qui portait un enfant de deux mois. Les brides blanches de son haut bonnet lui pendaient sur le dos, retombant sur un châle rouge, éclatant comme un incendie, et le moutard, enveloppé de linges blancs, reposait sur le ventre en bosse de la garde.

Puis la mère, grande et forte, sortit à son tour, à peine âgée de dix-huit ans, fraîche et souriante, tenant le bras de son homme. Et les deux grand-mères vinrent ensuite, fanées ainsi que de vieilles pommes, avec une fatigue évidente dans leurs reins forcés, tournés depuis longtemps par les patientes et rudes besognes. Une d'elles était veuve; elle prit le bras du grand-père, demeuré devant la porte, et ils partirent en tête du cortège, derrière l'enfant et la sage-femme. Et le reste de la famille se mit en route à la suite. Les plus jeunes portaient des sacs de papier pleins de dragées.

Là-bas, la petite cloche sonnait sans repos, appelant de toute sa force le frêle marmot attendu. Des gamins montaient sur les fossés; des gens apparaissaient aux barrières; des filles de ferme restaient debout entre deux seaux pleins de lait qu'elles posaient à terre pour regarder le baptême.

Et la garde, triomphante, portait son fardeau vivant, évitait les flaques d'eau dans les chemins

lachen; einer von ihnen sagte, indem er sich dem Ältesten zuwandte, der als erster gerufen hatte:

«Hol sie doch, Polyte. Vor Mittag kommen die sonst nicht.»

Und der junge Mann ging in seine Wohnung.

Ein Schwarm von Enten, die sich bei den Bauern niedergelassen hatten, begann zu schnattern und mit den Flügeln zu schlagen; dann zogen sie in ihrem langsamen Watschelschritt zum Teich.

Da erschien in der offenen Tür eine kräftige Frau, die ein Kind von zwei Monaten hielt. Die weißen Bänder ihrer hohen Haube hingen ihr auf den Rücken und fielen über ein rotes Umschlagtuch, das grell leuchtete wie eine Feuersbrunst. Der kleine Knirps in seinen weißen Tüchern ruhte auf dem runden Bauch der Wärterin.

Dann kam am Arm ihres Mannes auch die Mutter heraus, groß und stark, kaum achtzehn Jahre alt, frisch und strahlend. Es folgten, welk wie alte Äpfel, die beiden Großmütter, deren sichtlich müde Rücken von der geduldig getanen schweren Arbeit seit langem gebeugt und gekrümmt waren. Eine von ihnen war Witwe; sie nahm den Arm des Großvaters, der vor der Tür stehengeblieben war, und dieses Paar bildete hinter dem Kind und der Hebamme den Anfang des Zuges; der Rest der Familie machte sich nach ihnen auf den Weg. Die Jüngsten trugen Papiertüten mit Zuckermandeln.

In der Ferne läutete unverdrossen die kleine Glocke und rief mit all ihrer Kraft den schwachen Erdenwurm, auf den sie wartete. Die Dorfjungen stiegen auf die Grabenränder, die Leute erschienen an den Zäunen, die Mägde auf dem Hofe blieben stehen zwischen ihren beiden gefüllten Milcheimern, die sie abstellten, um dem Taufzug zuzuschauen.

Die Wärterin trug triumphierend ihr lebendiges Bündel und wich sorgsam den Pfützen in den Hohlwegen zwischen

creux, entre les talus plantés d'arbres. Et les vieux venaient avec cérémonie, marchant un peu de travers, vu l'âge et les douleurs; et les jeunes avaient envie de danser, et ils regardaient les filles qui venaient les voir passer; et le père et la mère allaient gravement, plus sérieux, suivant cet enfant qui les remplacerait, plus tard, dans la vie, qui continuerait dans le pays leur nom, le nom des Dentu, bien connu par le canton.

Ils débouchèrent dans la plaine et prirent à travers les champs pour éviter le long détour de la route.

On apercevait l'église maintenant, avec son clocher pointu. Une ouverture le traversait juste au-dessous du toit d'ardoises; et quelque chose remuait là-dedans, allant et venant d'un mouvement vif, passant et repassant derrière l'étroite fenêtre. C'était la cloche qui sonnait toujours, criant au nouveau-né de venir, pour la première fois, dans la maison du Bon Dieu.

Un chien s'était mis à suivre. On lui jetait des dragées, il gambadait autour des gens.

La porte de l'église était ouverte. Le prêtre, un grand garçon à cheveux rouges, maigre et fort, un Dentu aussi, lui, oncle du petit, encore un frère du père, attendait devant l'autel. Et il baptisa suivant les rites son neveu Prosper-César, qui se mit à pleurer en goûtant le sel symbolique.

Quand la cérémonie fut achevée, la famille demeura sur le seuil pendant que l'abbé quittait son surplis; puis on se remit en route. On allait vite maintenant, car on pensait au dîner. Toute la marmaille du pays suivait, et, chaque fois qu'on lui jetait une poignée de bonbons, c'était une mêlée furieuse, des luttes corps à corps, des cheveux arrachés; et le chien aussi se jetait dans le tas pour ramasser les

den baumbestandenen Böschungen aus. Die Alten schritten feierlich hinterher, ein bisschen wackelig wegen ihrer Jahre und ihrer Beschwerden; die Jungen hatten Lust zu tanzen und musterten die Mädchen, die ihnen zuschauten; der Vater und die Mutter folgten ernst und gesammelt diesem Kind, das einmal ihren Platz im Leben einnehmen und ihren Namen in der Gegend weitertragen würde, den im ganzen Bezirk wohlbekannten Namen Dentu.

Sie erreichten nun das offene Land und gingen querfeldein, um den langen Umweg, den die Straße machte, zu sparen.

Jetzt sah man auch schon die Kirche mit ihrem spitzen Turm. Unmittelbar unter dem Schieferdach war eine Öffnung, in der sich etwas bewegte. Es schwang eifrig hin und her, vorwärts und wieder zurück hinter dem schmalen Fensterchen. Es war die Glocke, die unablässig läutete und dem Neugeborenen zurief, zum ersten Mal in das Haus Gottes zu kommen.

Ein Hund hatte sich ihnen angeschlossen. Sie warfen ihm Zuckermandeln zu, und er sprang um die Leute herum.

Die Kirchentür war offen. Der Priester, ein großer, rothaariger junger Mann, schlank und kräftig, auch er ein Dentu, ein Onkel des Kleinen, ein weiterer Bruder des Vaters, wartete vor dem Altar. Und er taufte nach dem Ritus seinen Neffen Prosper-César, der, als er das symbolische Salz schmeckte, zu weinen anfing.

Als die Zeremonie zu Ende war, wartete die Familie auf der Schwelle, während der Priester das Chorhemd auszog; dann machte man sich auf den Rückweg. Jetzt ging man schnell, denn man dachte ans Essen. Das ganze junge Volk des Dorfes lief hinterher, und jedesmal, wenn man ihnen eine Handvoll Bonbons zuwarf, gab es ein wildes Getümmel, einen Kampf, Körper an Körper, und ausgerissene Haare. Auch der Hund stürzte sich in den Haufen, und ob-

sucreries, tiré par la queue, par les oreilles, par les pattes, mais plus obstiné que les gamins.

La garde, un peu lasse, dit à l'abbé, qui marchait auprès d'elle :

– Dites donc, m'sieu le curé, si ça ne vous opposait pas de m'tenir un brin vot' neveu pendant que je m'dégourdirai. J'ai quasiment une crampe dans les estomacs.

Le prêtre prit l'enfant, dont la robe blanche faisait une grande tache éclatante sur la soutane noire, et il l'embrassa, gêné par ce léger fardeau, ne sachant comment le tenir, comment le poser. Tout le monde se mit à rire. Une des grand-mères demanda de loin :

– Ça ne t'fait-il point deuil, dis, l'abbé, qu'tu n'en auras jamais de comme ça?

Le prêtre ne répondit pas. Il allait à grandes enjambées, regardant fixement le moutard aux yeux bleus, dont il avait envie d'embrasser encore les joues rondes. Il n'y tint plus, et, le levant jusqu'à son visage, il le baisa longuement.

Le père cria :

– Dis donc, curé, si t'en veux un, t'as qu'à le dire.

Et on se mit à plaisanter, comme plaisantent les gens des champs.

Dès qu'on fut assis à table, la lourde gaieté campagnarde éclata comme une tempête. Les deux autres fils allaient aussi se marier; leurs fiancées étaient là, arrivées seulement pour le repas; et les invités ne cessaient de lancer des allusions à toutes les générations futures que promettaient ces unions.

C'étaient des gros mots, fortement salés, qui faisaient ricaner les filles rougissantes et se tordre les

wohl man ihn am Schwanz, an den Ohren und an den Pfoten zog, war er hartnäckiger als die Kinder.

Die Wärterin, ein wenig müde, sagte zum Priester, der neben ihr ging:

«Hören Sie, Herr Pfarrer, wenn's Ihnen nichts ausmacht, halten Sie doch mal 'n Augenblick Ihren Neffen, damit ich mich mal strecken kann. Ich hab sowas wie einen Krampf im Magen.»

Der Priester nahm das Kind, dessen weißes Kleidchen sich wie ein großer heller Fleck von seiner schwarzen Soutane abhob, und küsste es, verlegen gemacht durch dieses leichte Bündel, von dem er nicht wusste, wie er es halten und wie er es ablegen sollte. Alles fing an zu lachen. Eine der Großmütter fragte von weitem:

«Sag mal, Pfarrer, tut dir das gar nicht leid, dass du sowas nie haben wirst?»

Der Priester antwortete nicht. Er ging mit großen Schritten und blickte starr auf den kleinen blauäugigen Knirps, den er am liebsten noch einmal auf die runden Bäckchen geküsst hätte. Endlich hielt er es nicht mehr aus, hob ihn an sein Gesicht und gab ihm einen langen Kuss.

Der Vater rief:

«Hör mal, Pfarrer, wenn du einen haben willst, brauchst du's nur zu sagen!»

Und man begann, Witze zu reißen, wie sie die Leute auf dem Lande machen.

Kaum saß man am Tisch, als die schwerfällige ländliche Fröhlichkeit wie ein Gewitter losbrach. Die beiden anderen Söhne wollten auch bald heiraten; ihre Bräute, die erst zum Essen gekommen waren, saßen nun dabei, und die Gäste machten unentwegt Anspielungen auf all die kommenden Generationen, die man von diesen Verbindungen erwartete.

Derbe, gepfefferte Worte waren das, über welche die Mädchen errötend kicherten und die Männer sich vor Lachen

hommes. Ils tapaient du poing sur la table, poussaient des cris. Le père et le grand-père ne tarissaient point en propos polissons. La mère souriait; les vieilles prenaient leur part de joie et lançaient aussi des gaillardises.

Le curé, habitué à ces débauches paysannes, restait tranquille, assis à côté de la garde, agaçant du doigt la petite bouche de son neveu pour le faire rire. Il semblait surpris par la vue de cet enfant, comme s'il n'en avait jamais aperçu. Il le considérait avec une attention réfléchie, avec une gravité songeuse, avec une tendresse éveillée au fond de lui, une tendresse inconnue, singulière, vive et un peu triste, pour ce petit être fragile qui était le fils de son frère.

Il n'entendait rien, il ne voyait rien, il contemplait l'enfant. Il avait envie de le prendre encore sur ses genoux, car il gardait, sur sa poitrine et dans son cœur, la sensation douce de l'avoir porté tout à l'heure, en revenant de l'église. Il restait ému devant cette larve d'homme comme devant un mystère ineffable auquel il n'avait jamais pensé, un mystère auguste et saint, l'incarnation d'une âme nouvelle, le grand mystère de la vie qui commence, de l'amour qui s'éveille, de la race qui se continue, de l'humanité qui marche toujours.

La garde mangeait, la face rouge, les yeux luisants, gênée par le petit qui l'écartait de la table.

L'abbé lui dit:

– Donnez-le-moi. Je n'ai pas faim.

Et il reprit l'enfant. Alors tout disparut autour de lui, tout s'effaça; et il restait les yeux fixés sur cette figure rose et bouffie; et peu à peu, la chaleur du petit corps, à travers les langes et le drap de la soutane, lui gagnait les jambes, le pénétrait comme une caresse très légère, très bonne, très chaste, une

bogen. Sie schlugen mit der Faust auf den Tisch und brüllten. Vater und Großvater sparten nicht mit zweideutigen Witzen. Die Mutter lächelte; die alten Frauen nahmen ihren Teil von der allgemeinen Lustigkeit und machten ausgelassene Bemerkungen.

Der Pfarrer, an diese bäuerlichen Ausschweifungen gewöhnt, blieb ruhig neben der Wärterin sitzen und kitzelte mit dem Finger den Mund seines Neffen, um ihn zum Lachen zu bringen. Er schien überrascht vom Anblick dieses Kindes, als hätte er noch nie so etwas gesehen. Er betrachtete es mit gesammelter Aufmerksamkeit, mit träumerischem Ernst, mit einer ungeahnten, in seinem Innersten erwachten, seltsamen, lebhaften und etwas traurigen Zärtlichkeit für dieses kleine, zerbrechliche Wesen, das der Sohn seines Bruders war.

Er hörte nichts, er sah nichts, er betrachtete das Kind. Am liebsten hätte er es auf die Knie genommen; denn auf seiner Brust und in seinem Herzen bewahrte er das schöne Gefühl, es eben noch auf dem Rückweg von der Kirche getragen zu haben. Dieses kleine Menschenwesen erschütterte ihn wie ein unaussprechliches Geheimnis, an das er nie gedacht hatte, ein erhabenes, heiliges Geheimnis, die Verkörperung einer neuen Seele, das große Geheimnis des beginnenden Lebens, der erwachenden Liebe, des weiterwachsenden Geschlechts und der immerzu fortschreitenden Menschheit.

Die Wärterin aß mit rotem Gesicht und glänzenden Augen, behindert durch den Kleinen, der sie vom Tisch trennte.

Der Pfarrer sagte zu ihr:

«Geben Sie ihn mir. Ich habe keinen Hunger.»

Und er nahm das Kind von neuem. Da verschwand alles um ihn, alles verwischte sich; er saß da und betrachtete unverwandt dieses rosige, pausbäckige Gesicht, und allmählich übertrug sich die Wärme des kleinen Körpers durch die Windeln und durch den Stoff der Soutane hindurch auf seine Beine und durchdrang ihn wie eine sehr leichte, sehr ange-

caresse délicieuse qui lui mettait des larmes aux yeux.

Le bruit des mangeurs devenait effrayant. L'enfant, agacé par ces clameurs, se mit à pleurer.

Une voix s'écria:

– Dis donc, l'abbé, donne-lui à téter.

Et une explosion de rires secoua la salle. Mais la mère s'était levée; elle prit son fils et l'emporta dans la chambre voisine. Elle revint au bout de quelques minutes en déclarant qu'il dormait tranquillement dans son berceau.

Et le repas continua. Hommes et femmes sortaient de temps en temps dans la cour, puis rentraient se mettre à table. Les viandes, les légumes, le cidre et le vin s'engouffraient dans les bouches, gonflaient les ventres, allumaient les yeux, faisaient délirer les esprits.

La nuit tombait quand on prit le café.

Depuis longtemps le prêtre avait disparu sans qu'on s'étonnât de son absence.

La jeune mère enfin se leva pour aller voir si le petit dormait toujours. Il faisait sombre à présent. Elle pénétra dans la chambre à tâtons; et elle avançait, les bras étendus, pour ne point heurter de meuble. Mais un bruit singulier l'arrêta net; et elle ressortit effarée, sûre d'avoir entendu remuer quelqu'un. Elle rentra dans la salle, fort pâle, tremblante, et raconta la chose. Tous les hommes se levèrent en tumulte, gris et menaçants; et le père, une lampe à la main, s'élança.

L'abbé, à genoux près du berceau, sanglotait, le front sur l'oreiller où reposait la tête de l'enfant.

nehme, sehr keusche Liebkosung, eine köstliche Liebkosung, die ihm Tränen in die Augen treten ließ.

Der Lärm der Schmausenden wurde fürchterlich. Das Kind, durch dieses Geschrei gestört, begann zu weinen.

Eine Stimme rief:

«Hör mal, Pfarrer, gib ihm doch die Brust!»

Und eine Lachsalve erschütterte den Saal. Aber die Mutter war aufgestanden; sie nahm ihren Sohn und trug ihn in das Zimmer nebenan. Nach ein paar Minuten kam sie wieder herein und erklärte, dass er friedlich in seiner Wiege schlafe.

Die Mahlzeit nahm ihren Fortgang. Von Zeit zu Zeit gingen die Männer und Frauen auf den Hof; dann kamen sie wieder herein und setzten sich an den Tisch. Unmengen von Fleisch, Gemüse, Most und Wein wanderten in die Münder, blähten die Bäuche, brannten in den Augen und verwirrten die Geister.

Es wurde schon Nacht, als es Kaffee gab.

Längst war der Priester verschwunden, ohne dass seine Abwesenheit aufgefallen wäre.

Schließlich stand die junge Mutter auf, um zu sehen, ob der Kleine noch schlafe. Es war jetzt dunkel. Sie tastete sich in das Zimmer und ging mit ausgestreckten Armen, um nicht an ein Möbelstück zu stoßen. Da ließ ein seltsames Geräusch sie zusammenschrecken. Entsetzt stürzte sie hinaus, sicher, jemanden sich bewegen gehört zu haben. Sehr bleich und zitternd ging sie zurück in den Saal und erzählte die Sache. Alle Männer standen mit großem Lärm auf, betrunken und drohend; der Vater, eine Lampe in der Hand, stürzte voran.

Der Pfarrer kniete neben der Wiege, schluchzend, die Stirn auf dem Kissen, wo der Kopf des Kindes ruhte.

Le petit fût

Maître Chicot, l'aubergiste d'Epreville, arrêta son tilbury devant la ferme de la mère Magloire. C'était un grand gaillard de quarante ans, rouge et ventru, et qui passait pour malicieux.

Il attacha son cheval au poteau de la barrière, puis il pénétra dans la cour. Il possédait un bien attenant aux terres de la vieille, qu'il convoitait depuis longtemps. Vingt fois il avait essayé de les acheter, mais la mère Magloire s'y refusait avec obstination.

« J'y sieus née, j'y mourrai », disait-elle.

Il la trouva épluchant des pommes de terre devant sa porte. Âgée de soixante-douze ans, elle était sèche, ridée, courbée, mais infatigable comme une jeune fille. Chicot lui tapa dans le dos avec amitié, puis s'assit près d'elle sur un escabeau.

« Eh bien ! la mère, et c'te santé, toujours bonne?

– Pas trop mal, et vous, maît' Prosper?

– Eh ! eh ! quèques douleurs; sans ça, ce s'rait à satisfaction.

– Allons, tant mieux ! »

Et elle ne dit plus rien. Chicot la regardait accomplir sa besogne. Ses doigts crochus, noués, durs comme des pattes de crabe, saisissaient à la façon de pinces les tubercules grisâtres dans une manne, et vivement elle les faisait tourner, enlevant de longues bandes de peau sous la lame d'un vieux couteau qu'elle tenait de l'autre main. Et, quand la pomme de terre était devenue toute jaune, elle la jetait dans un seau d'eau. Trois poules hardies s'en venaient l'une après l'autre jusque dans ses jupes ramasser les épluchures, puis se sauvaient à toutes pattes, portant au bec leur butin.

Das Fässchen

Meister Chicot, der Gastwirt von Epreville, brachte seinen leichten Einspänner vor dem Bauernhaus von Mutter Magloire zum Stehen. Er war ein kräftiges Mannsbild von vierzig Jahren, rot und dickbäuchig, und galt als hinterhältig.

Er band sein Pferd am Torpfosten an; dann betrat er den Hof. Er hatte einen Besitz, der an das Land der Alten grenzte, auf das er schon lange scharf war. Zwanzigmal hatte er es zu kaufen versucht, doch Mutter Magloire weigerte sich hartnäckig.

«Hier bin ich geboren, hier will ich sterben», sagte sie.

Er fand sie beim Kartoffelschälen vor der Tür. Zweiundsiebzig Jahre war sie alt, dürr, runzlig, gebeugt, aber unermüdlich wie eine Junge. Chicot klopfte ihr auf den Rücken, unter Freunden, dann setzte er sich neben sie auf einen Schemel.

«Na, Mutter Magloire, und die Gesundheit? Immer noch gut?»

«Nicht so schlecht, und Sie, Meister Prosper?»

«Ach ja, ein paar Schmerzen, aber sonst darf man zufrieden sein.»

«Schön, um so besser!»

Und mehr sagte sie nicht. Chicot sah ihr zu, wie sie ihre Arbeit tat. Ihre verkrümmten, knotigen Finger, hart wie Krebsscheren, holten zangengleich die stumpfgrauen Knollen aus einem groben Weidenkorb, und flink versetzte sie sie in Drehung, wobei sie unter der Klinge eines alten Messers, das sie in der anderen Hand hielt, in langen Streifen die Schale entfernte. War die Kartoffel ganz gelb geworden, warf sie sie in einen Eimer mit Wasser. Drei kecke Hennen drangen bis unter ihre Röcke vor, um die Schalen aufzupicken, und liefen dann, so rasch die Füße sie trugen, mit der Beute im Schnabel davon.

Chicot semblait gêné, hésitant, anxieux, avec quelque chose sur la langue qui ne voulait pas sortir. À la fin, il se décida:

« Dites donc, mère Magloire ...

– Qué qu'i a pour votre service?

– C'te ferme, vous n'voulez toujours point m'la vendre?

– Pour ça, non. N'y comptez point. C'est dit, c'est dit, n'y r'venez pas.

– C'est qu'j'ai trouvé un arrangement qui f'rait notre affaire à tous les deux.

– Qué qu'c'est?

– Le v'là. Vous m'la vendez, et pi vous la gardez tout d' même. Vous n'y êtes point? Suivez ma raison. »

La vieille cessa d'éplucher ses légumes et fixa sur l'aubergiste ses yeux vifs sous leurs paupières fripées.

Il reprit:

« Je m'explique. J'vous donne, chaque mois cent cinquante francs. Vous entendez bien: chaque mois j'vous apporte ici, avec mon tilbury, trente écus de cent sous. Et pi n'y a rien de changé de plus, rien de rien; vous restez chez vous, vous n'vous occupez point de mé, vous n' me d'vez rien. Vous n' faites que prendre mon argent. Ça vous va-t-il? »

Il la regardait d'un air joyeux, d'un air de bonne humeur.

La vieille le considérait avec méfiance, cherchant le piège. Elle demanda:

« Ça, c'est pour mé; mais pour vous, c'te ferme, ça n' vous la donne point? »

Il reprit:

« N' vous tracassez point de ça. Vous restez tant

Chicot wirkte bedrückt, zaudernd, ängstlich; offenbar lag ihm etwas auf der Zunge, das nicht heraus wollte. Endlich entschloss er sich:

«Sagen Sie, Mutter Magloire ...»

«Was steht zu Diensten?»

«Ihr Hof, wollen Sie mir den immer noch nicht verkaufen?»

«Das, nein, das nicht. Darauf rechnen Sie nicht. Gesagt ist gesagt, versuchen Sie es nicht immer wieder.»

«Ich bin da nämlich auf eine Abmachung gekommen, die uns beiden nützen würde.»

«Und das wäre?»

«Passen Sie auf. Sie verkaufen ihn mir, und dann behalten Sie ihn trotzdem. Das verstehen Sie nicht? Hören Sie zu, wie ich mir das gedacht habe.»

Die Alte hielt inne mit ihrem Gemüseputzen und heftete ihre unter den verknitterten Lidern lebhaft blickenden Augen auf den Gastwirt.

Er fuhr fort:

«Ich will es Ihnen erklären. Ich gebe Ihnen jeden Monat hundertfünfzig Franken. Sie hören recht: Monat für Monat bringe ich Ihnen mit meinem Einspänner hierher dreißig Fünffrankenstücke. Und sonst ändert sich nichts. Sie bleiben in Ihrem Haus, Sie kümmern sich gar nicht um mich, Sie sind mir nichts schuldig. Sie tun nichts als mein Geld nehmen. Passt Ihnen das?»

Er sah sie mit einer strahlenden und wohlgelaunten Miene an.

Die Alte musterte ihn mit Misstrauen, weil sie die Falle suchte. Sie fragte:

«Das ist für mich, aber für Sie, das bringt Ihnen doch noch nicht den Hof?»

Er begann wieder:

«Darüber machen Sie sich keine Gedanken. Sie bleiben,

que l'bon Dieu vous laissera vivre. Vous êtes chez vous. Seulement vous m'ferez un p'tit papier chez l'notaire pour qu'après vous ça me revienne. Vous n'avez point d'éfants, rien qu' des neveux que vous n'y tenez guère. Ça vous va-t-il? Vous gardez votre bien votre vie durant, et j' vous donne trente écus de cent sous par mois. C'est tout gain pour vous.»

La vieille demeurait surprise, inquiète, mais tentée. Elle répliqua:

«Je n' dis point non. Seulement, j' veux m' faire une raison là-dessus. Rev'nez causer d' ça dans l'courant d' l'autre semaine. J' vous f'rai une réponse d' mon idée.»

Et maître Chicot s'en alla, content comme un roi qui vient de conquérir un empire.

La mère Magloire demeura songeuse. Elle ne dormit pas la nuit suivante. Pendant quatre jours, elle eut une fièvre d'hésitation. Elle flairait bien quelque chose de mauvais pour elle là dedans, mais la pensée des trente écus par mois, de ce bel argent sonnant qui s'en viendrait couler dans son tablier, qui lui tomberait comme ça du ciel, sans rien faire, la ravageait de désir.

Alors elle alla trouver le notaire et lui conta son cas. Il lui conseilla d'accepter la proposition de Chicot, mais en demandant cinquante écus de cent sous au lieu de trente, sa ferme valant au bas mot soixante mille francs.

«Si vous vivez quinze ans, disait le notaire, il ne la payera encore, de cette façon, que quarante-cinq mille francs.»

La vieille frémit à cette perspective de cinquante écus de cent sous par mois; mais elle se méfiait toujours, craignant mille choses imprévues, des ruses

solange der liebe Gott Sie leben lässt. Sie sind in Ihrem Haus. Sie machen mir nur ein kleines Papier beim Notar, damit es hinterher an mich fällt. Sie haben keine Kinder, nur Neffen, an denen Ihnen nicht besonders viel liegt. Ist Ihnen das recht? Sie behalten Ihren Besitz auf Lebenszeit, und ich gebe Ihnen dreißig Fünffrankenstücke pro Monat. Das ist reiner Gewinn für Sie.»

Die Alte war immer noch verwirrt und beunruhigt, aber verlockt. Sie erwiderte:

«Ich sag nicht nein. Nur, ich will mir das überlegen. Kommen Sie im Laufe der nächsten Woche wieder, wir sprechen dann drüber. Sie bekommen meine Antwort, was ich davon halte.»

Meister Chicot ging fort, zufrieden wie ein König, der eben ein Weltreich erobert hat.

Mutter Magloire blieb nachdenklich. In der folgenden Nacht schlief sie nicht. Vier Tage lang war sie fiebrig vor unschlüssigem Hin und Her. Sie witterte etwas Schlechtes für sich an der Sache; aber beim Gedanken an die dreißig Silbermünzen pro Monat, dieses schöne klingende Geld, das da in ihre Schürze rauschen würde, einfach so vom Himmel herunter, ohne dass sie etwas dafür tat, verzehrte sie sich vor Gier.

Schließlich suchte sie den Notar auf und erzählte ihm ihren Fall. Er gab ihr den Rat, das Angebot Chicots anzunehmen, aber fünfzig Fünffrankenstücke zu verlangen statt dreißig, weil ihr Hof niedrig gerechnet sechzigtausend Franken wert sei.

«Wenn Sie noch fünfzehn Jahre leben», sagte der Notar, «bezahlt er selbst dann nur fünfundvierzigtausend Franken dafür.»

Die Alte erbebte bei der Aussicht auf fünfzig Fünffrankenstücke pro Monat, aber sie war immer noch misstrauisch, fürchtete tausend Unvorhersehbarkeiten, verborgene Schli-

cachées, et elle demeura jusqu'au soir à poser des questions, ne pouvant se décider à partir. Enfin elle ordonna de préparer l'acte, et elle rentra troublée comme si elle eût bu quatre pots de cidre nouveau.

Quand Chicot vint pour savoir la réponse, elle se fit longtemps prier, déclarant qu'elle ne voulait pas, mais rongée par la peur qu'il ne consentît point à donner les cinquante pièces de cent sous. Enfin, comme il insistait, elle énonça ses prétentions.

Il eut un sursaut de désappointement et refusa.

Alors, pour le convaincre, elle se mit à raisonner sur la durée probable de sa vie.

«Je n'en ai pas pour pu de cinq à six ans pour sûr. Me v'là sur mes soixante-treize, et pas vaillante avec ça. L'aut'e soir, je crûmes que j'allais passer. Il me semblait qu'on me vidait l'corps, qu'il a fallu me porter à mon lit.»

Mais Chicot ne se laissait pas prendre.

«Allons, allons, vieille pratique, vous êtes solide comme l'clocher d' l'église. Vous vivrez pour le moins cent dix ans. C'est vous qui m'enterrerez, pour sûr.»

Tout le jour fut encore perdu en discussions. Mais, comme la vieille ne céda pas, l'aubergiste, à la fin, consentit à donner les cinquante écus.

Ils signèrent l'acte le lendemain. Et la mère Magloire exigea dix écus de pots-de-vin.

Trois ans s'écoulèrent. La bonne femme se portait comme un charme. Elle paraissait n'avoir pas vieilli d'un jour, et Chicot se désespérait. Il lui semblait, à lui, qu'il payait cette rente depuis un demi-siècle, qu'il était trompé, floué, ruiné. Il allait de temps en

che. Sie blieb bis zum Abend und stellte irgendwelche Fragen und konnte sich nicht zum Gehen entschließen. Endlich gab sie den Auftrag, die Urkunde vorzubereiten, und ging so aufgeregt nach Hause, als hätte sie vier Krüge jungen Apfelwein getrunken.

Als Chicot kam, um die Antwort zu holen, ließ sie sich lange nötigen, erklärte, sie wolle nicht, war aber nur von der Furcht geplagt, er werde nicht bereit sein, die fünfzig Fünffrankenstücke zu geben. Schließlich, als er nicht locker ließ, rückte sie mit ihrer Forderung heraus.

Die Enttäuschung überwältigte ihn so, dass er ablehnte.

Jetzt bemühte sie sich, ihn umzustimmen, argumentierte mit ihrer Lebenserwartung.

«Mir bleiben bestimmt nicht mehr als fünf, sechs Jahre. Jetzt geh ich schon ins dreiundsiebzigste, und dabei bin ich gar nicht rüstig. Neulich abend hab ich gedacht, es ist aus mit mir. Es kam mir vor, alle Kraft wird mir aus dem Körper gezogen. Sie mussten mich aufs Bett tragen.»

Doch Chicot ließ sich nicht auf den Leim führen.

«Ach, gehen Sie mir doch, alte Schlaubergerin, Sie sind so stark wie unser Kirchturm. Sie werden mindestens hundertzehn Jahre alt. Sie beerdigen mich noch, das ist mal sicher.»

Der ganze Tag ging noch mit Wortwechseln hin. Doch weil die Alte nicht nachgab, fand sich der Gastwirt am Ende bereit, die fünfzig Geldstücke zu zahlen.

Am andern Tage wurde die Urkunde unterschrieben. Und Mutter Magloire verlangte zehn Fünffrankenstücke Abschlussgeld.

Drei Jahre vergingen. Die gute Frau erfreute sich ausgezeichneter Gesundheit. Sie schien nicht um einen Tag gealtert, und Chicot verzweifelte. Ihm kam es so vor, als zahle er die Rente seit einem halben Jahrhundert, als sei er betro-

temps rendre visite à la fermière, comme on va voir, en juillet, dans les champs, si les blés sont mûrs pour la faux. Elle le recevait avec une malice dans le regard. On eût dit qu'elle se félicitait du bon tour qu'elle lui avait joué; et il remontait bien vite dans son tilbury en murmurant:

« Tu ne crèveras donc point, carcasse ! »

Il ne savait que faire. Il eût voulu l'étrangler en la voyant. Il la haïssait d'une haine féroce, sournoise, d'une haine de paysan volé.

Alors il chercha des moyens.

Un jour enfin, il s'en vint la voir en se frottant les mains, comme il faisait la première fois lorsqu'il lui avait proposé le marché.

Et après avoir causé quelques minutes:

« Dites donc, la mère, pourquoi que vous ne v'nez point dîner à la maison, quand vous passez à Epreville? On en jase; on dit comme ça que j' sommes pu amis, et ça me fait deuil. Vous savez, chez mé, vous ne payerez point. J' suis pas regardant à un dîner. Tant que le cœur vous en dira, v'nez sans retenue, ça m' fera plaisir. »

La mère Magloire ne se le fit point répéter, et le surlendemain, comme elle allait au marché dans sa carriole conduite par son valet Célestin, elle mit sans gêne son cheval à l'écurie chez maître Chicot, et réclama le dîner promis.

L'aubergiste radieux, la traita comme une dame, lui servit du poulet, du boudin, de l'andouille, du gigot et du lard aux choux. Mais elle ne mangea presque rien, sobre depuis son enfance, ayant toujours vécu d'un peu de soupe et d'une croûte de pain beurré.

Chicot insistait, désappointé. Elle ne buvait pas non plus. Elle refusa de prendre du café.

gen, hereingelegt, ruiniert worden. Von Zeit zu Zeit besuchte er die Bauersfrau, so wie man im Juli nach den Feldern schaut, ob das Korn reif ist für die Sense. Sie empfing ihn mit verstohlener Tücke im Blick. Man hätte meinen können, sie beglückwünsche sich zu dem Streich, den sie ihm gespielt hatte. Er stieg sehr bald wieder in seinen Einspänner und murmelte:

«Du willst wohl gar nicht verrecken, du Aas»

Er wusste nicht, was er tun sollte. Am liebsten hätte er sie erwürgt, wenn er sie sah. Er hasste sie mit wildem, dumpfem Hass, mit dem Hass eines Bauern, den man bestohlen hat.

Deshalb sann er auf Mittel und Wege.

Und so stattete er ihr eines Tages einen Besuch ab, ebenso händereibend wie beim ersten Mal, als er ihr das Geschäft vorgeschlagen hatte.

Nach ein paar verplauderten Minuten meinte er:

«Sagen Sie, Mutter Magloire, warum kehren Sie eigentlich nicht zum Essen bei mir ein, wenn Sie nach Epreville kommen? Die Leute reden; sie sagen, wir sind nicht mehr gut Freund, und das macht mir Kummer. Sie wissen doch, bei mir zahlen Sie nichts, auf ein Essen kommt es mir nicht an. So oft Sie Lust haben, kommen Sie, genieren Sie sich nicht, es wird mir eine Freude sein.»

Mutter Magloire ließ sich das nicht zweimal sagen, und als sie am übernächsten Tag in ihrem Fuhrwerk, das ihr Knecht Célestin lenkte, zum Markt fuhr, stellte sie das Pferd ohne Scham in Meister Chicots Stall unter und verlangte das versprochene Essen.

Der freudestrahlende Wirt behandelte sie wie eine Dame; er tischte Brathuhn, Blutwurst, Kuttelwurst, Hammelkeule und Speck mit Kohl auf. Doch sie aß fast nichts, weil sie, von Kindheit an nicht verwöhnt, immer von ein wenig Suppe und einem Kanten Butterbrot gelebt hatte.

Der enttäuschte Chicot redete ihr zu. Sie trank nichts. Sie wollte auch keinen Kaffee annehmen.

Il demanda :

« Vous accepterez toujours un p'tit verre.

– Ah ! pour ça, oui. Je ne dis pas non. »

Et il cria de tous ses poumons, à travers l'auberge :

« Rosalie, apporte la fine, la surfine, le fil-en-dix. »

Et la servante apparut, tenant une longue bouteille ornée d'une feuille de vigne en papier.

Il emplit deux petits verres.

« Goûtez ça, la mère, c'est de la fameuse. »

Et la bonne femme se mit à boire tout doucement, à petites gorgées, faisant durer le plaisir. Quand elle eut vidé son verre, elle l'égoutta, puis déclara :

« Ça oui, c'est de la fine. »

Elle n'avait point fini de parler que Chicot lui en versait un second coup. Elle voulut refuser, mais il était trop tard, et elle le dégusta longuement, comme le premier.

Il voulut alors lui faire accepter une troisième tournée, mais elle résista. Il insistait :

« Ça, c'est du lait, voyez-vous ; mé, j'en bois dix, douze sans embarras. Ça passe comme du sucre. Rien au ventre, rien à la tête ; on dirait que ça s'évapore sur la langue. Y a rien de meilleur pour la santé ! »

Comme elle en avait bien envie, elle céda, mais elle n'en prit que la moitié du verre.

Alors Chicot, dans un élan de générosité, s'écria :

« T'nez, puisqu'elle vous plaît, j' vas vous en donner un p'tit fût, histoire de vous montrer que j'sommes toujours une paire d'amis. »

La bonne femme ne dit pas non et s'en alla, un peu grise.

Er fragte:

«Aber ein Gläschen schlagen Sie mir doch nicht ab?»

«Also das gern. Da sag ich nicht nein.»

Er rief aus voller Lunge durch das Wirtshaus:

«Rosalie, bring den Cognac, den ganz echten, den extra guten.»

Das Mädchen erschien mit einer schlanken Flasche, die mit einem Weinblatt aus Papier geschmückt war.

Chicot füllte zwei kleine Gläser.

«Kosten Sie das, Mutter Magloire, das ist was ganz Feines.»

Und die gute Frau begann zu trinken, ganz langsam, Schlückchen für Schlückchen, damit das Vergnügen länger dauerte. Als sie ihr Glas geleert hatte, ließ sie den letzten Tropfen herauslaufen und erklärte dann:

«Ja, also das ist ein echter.»

Sie hatte das noch nicht zu Ende gesprochen, da schenkte Chicot ihr schon nach. Sie wollte ablehnen, doch es war bereits zu spät, und sie genoss das Glas so langsam wie das erste.

Darauf wollte er ihr eine dritte Runde aufdrängen, aber sie blieb standhaft. Er beharrte auf seinem Angebot:

«Ach, hören Sie, das ist wirklich die reinste Milch; ich trinke zehn, zwölf davon ohne Folgen. Das vergeht wie Zukker. Nichts im Bauch, nichts im Kopf, man könnte meinen, es verdunstet auf der Zunge. Es gibt nichts Besseres für die Gesundheit!»

Weil sie eben doch Lust darauf hatte, gab sie nach, nahm aber nur ein halbes Glas an.

Darauf rief Chicot in einem Anfall von Freigebigkeit aus:

«Also, da er Ihnen schmeckt, schenke ich Ihnen ein Fässchen davon, damit Sie sehen, dass wir nach wie vor Freunde sind.»

Die gute Frau sagte nicht nein und ging leicht angeheitert fort.

Le lendemain, l'aubergiste entra dans la cour de la mère Magloire, puis tira du fond de sa voiture une petite barrique cerclée de fer. Puis il voulut lui faire goûter le contenu, pour prouver que c'était bien la même fine; et, quand ils eurent encore bu chacun trois verres, il déclara, en s'en allant :

« Et puis, vous savez, quand n'y en aura pu, y en a encore; n' vous gênez point. Je n' suis pas regardant. Pu tôt que ce sera fini, pu que je serai content. »

Et il remonta dans son tilbury.

Il revint quatre jours plus tard. La vieille était devant sa porte, occupée à couper le pain de la soupe.

Il s'approcha, lui dit bonjour, lui parla dans le nez, histoire de sentir son haleine. Et il reconnut un souffle d'alcool. Alors son visage s'éclaira.

« Vous m'offrirez bien un verre de fil? » dit-il.

Et ils trinquèrent deux ou trois fois.

Mais bientôt le bruit courait dans la contrée que la mère Magloire s'ivrognait toute seule. On la ramassait tantôt dans sa cuisine, tantôt dans sa cour, tantôt dans les chemins des environs, et il fallait la rapporter chez elle, inerte comme un cadavre.

Chicot n'allait plus chez elle, et, quand on lui parlait de la paysanne, il murmurait avec un visage triste :

« C'est-il pas malheureux, à son âge, d'avoir pris c't'habitude-là? Voyez-vous, quand on est vieux, y a pas de ressource. Ça finira bien par lui jouer un mauvais tour ! »

Ça lui joua un mauvais tour, en effet. Elle mourut l'hiver suivant, vers la Noël, étant tombée, soûle, dans la neige.

Et maître Chicot hérita de la ferme, en déclarant :

« C'te manante, si elle s'était point boissonnée, elle en avait bien pour dix ans de plus. »

Am Tag darauf fuhr der Gastwirt in den Hof von Mutter Magloire und zog aus den Tiefen seines Wagens ein kleines, mit Eisenbändern beschlagenes Fass. Dann bestand er darauf sie solle den Inhalt kosten, um ihr zu beweisen, dass es wirklich der gleiche Cognac sei, und als sie jeder drei weitere Gläser getrunken hatten, erklärte er im Weggehen:

«Und dann, Sie wissen ja, wenn nichts mehr da ist, ist immer noch was da; genieren Sie sich nicht, ich bin nicht kleinlich. Je früher Sie damit zu Ende sind, um so mehr freut es mich.»

Damit bestieg er seinen Einspänner.

Vier Tage später kam er wieder. Die Alte war vor ihrer Haustür damit beschäftigt, Brotstücke für die Suppe zu schneiden.

Er ging zu ihr, sagte ihr guten Tag, sprach ihr dicht vorm Gesicht, um ihren Atem zu riechen. Er nahm einen Alkoholhauch wahr. Da erhellte sich seine Miene.

«Sie bieten mir doch ein Gläschen Guten an», sagte er.

Und sie stießen zwei- oder dreimal an.

Schon wenig später ging in der Gegend das Gerücht, Mutter Magloire betrinke sich ganz allein. Bald las man sie in ihrer Küche, bald im Hof, bald von den Wegen der Umgebung auf und musste sie leblos wie eine Leiche nach Hause tragen.

Chicot ging nun nicht mehr zu ihr hin, und wenn man die Bauersfrau vor ihm erwähnte, sagte er leise mit Trauermiene:

«Ist es nicht ein Jammer, sich in ihrem Alter noch so dran zu gewöhnen? Aber da sieht man's, wenn man alt ist, gibt es keine Rettung. Das wird ihr irgendwann einen bösen Streich spielen.»

Und wirklich, es spielte ihr einen bösen Streich. Sie starb im folgenden Winter um die Weihnachtszeit, weil sie betrunken in den Schnee gefallen war.

Und Meister Chicot bekam den Hof, wozu er erklärte:

«Die alte Närrin, wenn sie sich nicht besäuselt hätte, hätte sie gut und gerne noch zehn Jahre vor sich gehabt.»

Au bois

Le maire allait se mettre à table pour déjeuner quand on le prévint que le garde champêtre l'attendait à la mairie avec deux prisonniers.

Il s'y rendit aussitôt, et il apercut en effet son garde champêtre, le père Hochedur, debout et surveillant d'un air sévère un couple de bourgeois mûrs.

L'homme, un gros père, à nez rouge et à cheveux blancs, semblait accablé; tandis que la femme, une petite mère endimanchée, très ronde, très grasse, aux joues luisantes, regardait d'un œil de défi l'agent de l'autorité qui les avait captivés.

Le maire demanda:

«Qu'est-ce que c'est, père Hochedur?»

Le garde champêtre fit sa déposition.

Il était sorti le matin, à l'heure ordinaire, pour accomplir sa tournée du côté des bois Champioux jusqu'à la frontière d'Argenteuil. Il n'avait rien remarqué d'insolite dans la campagne sinon qu'il faisait beau temps et que les blés allaient bien, quand le fils aux Bredel, qui binait sa vigne, avait crié:

«Hé, père Hochedur, allez voir au bord du bois, au premier taillis, vous y trouverez un couple de pigeons qu'ont bien cent trente ans à eux deux.»

Il était parti dans la direction indiquée; il était entré dans le fourré et il avait entendu des paroles et des soupirs qui lui firent supposer un flagrant délit de mauvaises mœurs.

Donc, avançant sur ses genoux et sur ses mains comme pour surprendre un braconnier, il avait appréhendé le couple présent au moment où il s'abandonnait à son instinct.

Im Walde

Der Bürgermeister wollte eben am Mittagstisch Platz nehmen, als ihm gemeldet wurde, der Feldhüter erwarte ihn im Rathaus mit zwei festgenommenen Personen.

Er begab sich sogleich dorthin und erblickte tatsächlich seinen Feldhüter, Vater Hochedur, wie er dastand und mit strenger Miene ein Paar Bürgersleute in reifen Jahren bewachte.

Der Mann, ein dicker Patron mit roter Nase und weißen Haaren, wirkte bedrückt, während seine Frau, eine kleine, auffallend rundliche und wohlgenährt pausbackige Matrone im Sonntagsstaat, den Vertreter der Obrigkeit, der sie verhaftet hatte, herausfordernd ansah.

Der Bürgermeister fragte:

« Was gibt es denn, Vater Hochedur? »

Der Feldhüter machte seine Aussage.

Er hatte sich am Morgen zur üblichen Zeit auf seinen Kontrollgang beim Champioux-Wald bis an die Grenze nach Argenteuil begeben. Er hatte draußen nichts Außergewöhnliches bemerkt, abgesehen davon, dass gutes Wetter war und das Korn gut stand, als der Sohn der Bredels, der seinen Weinberg durchhackte, ihm zurief:

« He, Vater Hochedur, gehen Sie doch mal zum Waldrand rüber, gleich vorn im Unterholz können Sie ein Pärchen Turteltauben sehen, die zusammen reichlich hundertdreißig Jahre alt sind. »

Er war in der angegebenen Richtung und ins Dickicht hinein gegangen; dort hatte er Worte und Seufzer gehört, so dass er auf frischer Tat eine unzüchtige Handlung zu konstatieren glaubte.

Wie beim Anschleichen an einen Wilderer hatte er sich auf Knien und Händen vorgearbeitet und das Paar gerade dabei erwischt, wie es sich seinen Gelüsten überließ.

Le maire stupéfait considéra les coupables. L'homme comptait bien soixante ans et la femme au moins cinquante-cinq.

Il se mit à les interroger, en commençant par le mâle, qui répondait d'une voix si faible qu'on l'entendait à peine.

«Votre nom?

– Nicolas Beaurain.

– Votre profession?

– Mercier, rue des Martyrs, à Paris.

– Qu'est-ce que vous faisiez dans ce bois?»

Le mercier demeura muet, la tête baissée sur son gros ventre, les mains à plat sur ses cuisses.

Le maire reprit:

«Niez-vous ce qu'affirme l'agent de l'autorité municipale?

– Non, Monsieur.

– Alors, vous avouez?

– Oui, Monsieur.

– Qu'avez-vous à dire pour votre défense?

– Rien, Monsieur.

– Où avez-vous rencontré votre complice?

– C'est ma femme, Monsieur.

– Votre femme?

– Oui, Monsieur.

– Alors ... alors ... vous ne vivez donc pas ensemble ... à Paris?

– Pardon, Monsieur, nous vivons ensemble!

– Mais ... alors ... vous êtes fou, tout à fait fou, mon cher Monsieur, de venir vous faire pincer ainsi, en plein champ, à dix heures du matin.»

Le mercier semblait prêt à pleurer de honte. Il murmura:

Der verblüffte Bürgermeister sah sich die Missetäter an. Der Mann war gut sechzig, die Frau mindestens fünfundfünfzig Jahre alt.

Er machte sich ans Verhör und begann bei dem Mann, der mit so leiser Stimme antwortete, dass man ihn kaum verstand.

«Ihr Name?»

«Nicolas Beaurain.»

«Ihr Beruf?»

«Kurzwarenhändler in Paris, Rue des Martyrs.»

«Und was haben Sie in dem Wald gemacht?»

Der Kurzwarenhändler gab keine Antwort; er hatte den Blick auf den dicken Bauch gesenkt, und seine Hände lagen flach auf den Oberschenkeln.

Der Bürgermeister setzte neu an:

«Leugnen Sie, was der Vertreter der Gemeindeverwaltung ausgesagt hat?»

«Nein, Monsieur.»

«Sie gestehen also?»

«Ja, Monsieur.»

«Was haben Sie zu Ihrer Verteidigung vorzubringen?»

«Nichts, Monsieur.»

«Wo sind Sie Ihrer Mittäterin begegnet?»

«Sie ist meine Frau, Monsieur.»

«Ihre Frau?»

«Ja, Monsieur.»

«Dann ... dann ... wohnen Sie offenbar nicht zusammen ... in Paris?»

«Oh doch, Monsieur, wir wohnen zusammen.»

«Aber ... dann ... sind Sie offenbar nicht recht bei Trost, guter Mann, sich so auf freier Wildbahn um zehn Uhr vormittags erwischen zu lassen.»

Der Kurzwarenhändler war sichtlich den Tränen nahe vor Scham. Er murmelte:

« C'est elle qui a voulu ça ! Je lui disais bien que c'était stupide. Mais quand une femme a quelque chose dans la tête … vous savez … elle ne l'a pas ailleurs. »

Le maire, qui aimait l'esprit gaulois, sourit et répliqua :

« Dans votre cas, c'est le contraire qui aurait dû avoir lieu. Vous ne seriez pas ici si elle ne l'avait eu que dans la tête. »

Alors une colère saisit M. Beaurain et se tournant vers sa femme :

« Vois-tu où tu nous as menés avec ta poésie ? Hein, y sommes-nous ? Et nous irons devant les tribunaux, maintenant, à notre âge, pour attentat aux mœurs ! Et il nous faudra fermer boutique, vendre la clientèle et changer de quartier ! Y sommes-nous ? »

Mme Beaurain se leva et, sans regarder son mari, elles s'expliqua sans embarras, sans vaine pudeur, presque sans hésitation.

« Mon Dieu, monsieur le Maire, je sais bien que nous sommes ridicules. Voulez-vous me permettre de plaider ma cause comme un avocat, ou mieux comme une pauvre femme ; et j'espère que vous voudrez bien nous renvoyer chez nous, et nous épargner la honte des poursuites.

« Autrefois, quand j'étais jeune, j'ai fait la connaissance de M. Beaurain dans ce pays-ci, un dimanche. Il était employé dans un magasin de mercerie ; moi j'étais demoiselle dans un magasin de confections. Je me rappelle de ça comme d'hier. Je venais passer les dimanches ici, de temps en temps, avec une amie, Rose Levêque, avec qui j'habitais rue Pigalle. Rose avait un bon ami, et moi pas. C'est lui qui nous conduisait ici. Un samedi, il m'annonça, en riant, qu'il amènerait un camarade

«Sie hat es gewollt! Ich habe ihr ja gesagt, dass es eine dumme Idee ist. Aber wenn eine Frau sich etwas in den Kopf gesetzt hat … Wissen Sie … Dann bleibt sie eben dabei.»

Der Bürgermeister, der lose Redensarten liebte, versetzte lächelnd:

«In Ihrem Falle scheint das Gegenteil der Fall gewesen zu sein. Wenn es nur beim Kopf geblieben wäre, säßen Sie nicht hier.»

Da packte Herrn Beaurain die Wut, und er wandte sich seiner Frau zu:

«Siehst du, wohin uns deine Romantik gebracht hat? Da hast du's. Jetzt kommen wir vor Gericht, in unserem Alter, wegen Unsittlichkeit! Das Geschäft können wir zumachen, den Kundenstamm verkaufen und uns ein anderes Viertel suchen! Da hast du es.»

Frau Beaurain erhob sich, und ohne ihren Ehemann anzusehen, trug sie ihren Fall vor, ohne falsche Scham und beinahe ohne Stocken.

«Mein Gott, Herr Bürgermeister, ich weiß ja, dass wir uns lächerlich machen. Erlauben Sie mir bitte, als mein Anwalt oder, besser gesagt, als eine Frau in eigener Sache zu plädieren. Ich hoffe, Sie sind dann bereit, uns nach Hause zu entlassen und uns die Schande einer Strafverfolgung zu ersparen.

Vor langer Zeit, als ich jung war, habe ich Herrn Beaurain an einem Sonntag hier am Ort kennengelernt. Er war in einem Kurzwarengeschäft angestellt; ich war Verkäuferin in der Damenkonfektion. Ich erinnere mich noch, als wäre es gestern gewesen. Manchmal am Sonntag kam ich mit einer Freundin hier heraus, Rose Levêque, die in der Rue Pigalle mit mir wohnte. Rose hatte einen Schatz, ich nicht. Er hat uns hierher geführt. Eines Samstags kündigte er mir lachend an, er werde morgen einen Freund mitbringen. Ich merkte

le lendemain. Je compris bien ce qu'il voulait; mais je répondis que c'était inutile. J'étais sage, Monsieur.

« Le lendemain donc, nous avons trouvé au chemin de fer M. Beaurain. Il était bien de sa personne à cette époque-là. Mais j'étais décidée à ne pas céder, et je ne cédai pas non plus.

« Nous voici donc arrivés à Bezons. Il faisait un temps superbe, de ces temps qui vous chatouillent le cœur. Moi, quand il fait beau, aussi bien maintenant qu'autrefois, je deviens bête à pleurer, et quand je suis à la campagne je perds la tête. La verdure, les oiseaux qui chantent, les blés qui remuent au vent, les hirondelles qui vont si vite, l'odeur de l'herbe, les coquelicots, les marguerites, tout ça me rend folle ! C'est comme le champagne quand on n'en a pas l'habitude !

« Donc il faisait un temps superbe, et doux, et clair, qui vous entrait dans le corps par les yeux en regardant et par la bouche en respirant. Rose et Simon s'embrassaient toutes les minutes ! Ça me faisait quelque chose de les voir. M. Beaurain et moi nous marchions derrière eux, sans guère parler. Quand on ne se connaît pas on ne trouve rien à se dire. Il avait l'air timide, ce garçon, et ça me plaisait de le voir embarrassé. Nous voici arrivés dans le petit bois. Il y faisait frais comme dans un bain, et tout le monde s'assit sur l'herbe. Rose et son ami me plaisantaient sur ce que j'avais l'air sévère; vous comprenez bien que je ne pouvais pas être autrement. Et puis voilà qu'ils recommencent à s'embrasser sans plus se gêner que si nous n'étions pas là; et puis ils se sont parlé tout bas; et puis ils se sont levés et ils sont partis dans les feuilles sans rien dire. Jugez quelle sotte figure je faisais, moi, en face de ce garçon que je voyais pour la

wohl, worauf er hinaus wollte, aber ich sagte, das sei nutzlos. Ich war anständig, Monsieur.

Am folgenden Tag trafen wir dann auf dem Bahnsteig Herrn Beaurain. Er sah gut aus zu jener Zeit. Aber ich war entschlossen, standhaft zu bleiben, und ich bin es auch geblieben.

Da waren wir nun in Bezons. Es war herrliches Wetter, so ein Wetter, bei dem einem ganz kribbelig ums Herz wird. Bei mir, wenn schönes Wetter ist, ist es noch heute so wie damals, dass ich zum Heulen blöd werde, und wenn ich auf dem Lande bin, verliere ich vollkommen den Kopf. Das Grün, die singenden Vögel, die Bewegung der Kornfelder im Wind, die Schwalben, die so schnell fliegen, das duftende Gras, der Mohn, die Margeriten, das macht mich alles ganz verrückt! Wie Champagner, wenn man ihn nicht gewöhnt ist!

Also, es war herrliches Wetter, und warm, und hell, das einem bei den Augen hereinkam, wenn man schaute, und beim Mund, wenn man Luft holte. Rose und Simon küssten sich unentwegt! Mir wurde schon vom Hinsehen ganz anders. Herr Beaurain und ich gingen hinter ihnen und sprachen kaum. Wenn man sich nicht kennt, weiß man nichts zu sagen. Er wirkte schüchtern, der junge Mann, und es gefiel mir, ihn so verlegen zu sehen. Schließlich waren wir in dem kleinen Wald angelangt. Es war dort kühl wie in einem Bad, und alle setzten sich ins Gras. Rose und ihr Freund machten sich darüber lustig, dass ich so spröde sei; Sie können sich vorstellen, dass mir gar nichts anderes übrig blieb. Und dann fingen sie wieder mit der Küsserei an, ohne sich zu genieren, als wären wir überhaupt nicht da, und dann haben sie ganz leise miteinander gesprochen, und dann sind sie aufgestanden und im Gebüsch verschwunden, ohne etwas zu sagen. Stellen Sie sich vor, wie dumm ich mir vorkommen musste mit dem jungen Mann, dem ich noch nie im

première fois. Je me sentais tellement confuse de les voir partir ainsi que ça me donna du courage; et je me suis mise à parler. Je lui demandai ce qu'il faisait; il était commis de mercerie, comme je vous l'ai appris tout à l'heure. Nous causâmes donc quelques instants; ça l'enhardit, lui, et il voulut prendre des privautés, mais je le remis à sa place, et roide, encore. Est-ce pas vrai, Monsieur Beaurain? »

M. Beaurain, qui regardait ses pieds avec confusion, ne répondit pas.

Elle reprit: « Alors il a compris que j'étais sage, ce garçon, et il s'est mis à me faire la cour gentiment, en honnête homme. Depuis ce jour il est revenu tous les dimanches. Il était très amoureux de moi, Monsieur. Et moi aussi je l'aimais beaucoup, mais là, beaucoup! c'était un beau garçon, autrefois.

« Bref, il m'épousa en septembre et nous prîmes notre commerce rue des Martyrs.

« Ce fut dur pendant des années, Monsieur. Les affaires n'allaient pas; et nous ne pouvions guère nous payer des parties de campagne. Et puis, nous en avions perdu l'habitude. On a autre chose en tête; on pense à la caisse plus qu'aux fleurettes, dans le commerce. Nous vieillissions, peu à peu, sans nous en apercevoir, en gens tranquilles qui ne pensent plus guère à l'amour. On ne regrette rien tant qu'on ne s'aperçoit pas que ça vous manque.

« Et puis, Monsieur, les affaires ont mieux été, nous nous sommes rassurés sur l'avenir! Alors, voyez-vous, je ne sais pas trop ce qui s'est passé en moi, non, vraiment, je ne sais pas!

« Voilà que je me suis remise à rêver comme une petite pensionnaire. La vue des voiturettes de fleurs qu'on traîne dans les rues me tirait les larmes.

Leben begegnet war. Ich fühlte mich so verwirrt, als ich sie einfach weggehen sah, dass mir gerade das Mut machte: Ich fing an zu reden. Ich fragte ihn nach seinem Beruf; er war Kurzwarenverkäufer, das habe ich Ihnen ja vorhin schon gesagt. So unterhielten wir uns eine Zeitlang, und das gab ihm Mut; er wollte sich Vertraulichkeiten herausnehmen, aber ich wies ihn zurecht, und zwar sehr heftig. Oder etwa nicht, Beaurain?»

Herr Beaurain, der verwirrt auf seine Füße starrte, gab keine Antwort.

Sie fuhr fort: «Jedenfalls hat er gemerkt, dass ich anständig war, der junge Mann, und hat mir nett und brav den Hof gemacht. Von dem Tage an ist er jeden Sonntag gekommen. Er war sehr verliebt in mich, Monsieur. Und ich liebte ihn auch, oh ja, sehr sogar; er war früher ein schöner junger Mann.

Also gut: Im September hat er mich geheiratet, und wir haben unseren Kurzwarenladen in der Rue des Martyrs aufgemacht.

Die ersten Jahre waren hart, Monsieur. Das Geschäft lief nicht, und Ausflüge aufs Land konnten wir uns kaum leisten. Außerdem haben wir uns so etwas abgewöhnt. Man hat anderes im Kopf, im Einzelhandel denkt man eher an die Kasse als ans Küssen und Kosen. Wir wurden langsam älter, ohne es zu merken, wurden gesetzte Leute, die kaum noch an Liebe denken. Man trauert etwas ja nicht nach, solange man es nicht vermisst.

Und dann, Monsieur, ging es besser mit dem Geschäft, wir waren beruhigt über die Zukunft! Und da, sehen Sie, ich weiß selber nicht recht, was da plötzlich mit mir los war, wirklich, ich weiß es nicht!

Jedenfalls habe ich wieder geträumt wie ein Schulmädchen. Beim bloßen Anblick der Blumenverkaufskarren, die durch die Straßen gezogen wurden, kamen mir die Tränen. Der

L'odeur des violettes venait me chercher à mon fauteuil, derrière ma caisse, et me faisait battre le cœur ! Alors je me levais et je m'en venais sur le pas de ma porte pour regarder le bleu du ciel entre les toits. Quand on regarde le ciel dans une rue, ça a l'air d'une rivière, d'une longue rivière qui descend sur Paris en se tortillant; et les hirondelles passent dedans comme des poissons. C'est bête comme tout, ces choses-là, à mon âge ! Que voulez-vous, Monsieur, quand on a travaillé toute sa vie, il vient un moment où on s'aperçoit qu'on aurait pu faire autre chose, et, alors, on regrette, oh ! oui, on regrette ! Songez donc que, pendant vingt ans, j'aurais pu aller cueillir des baisers dans les bois, comme les autres, comme les autres femmes. Je songeais comme c'est bon d'être couché sous les feuilles en aimant quelqu'un ! Et j'y pensais tous les jours, toutes les nuits ! Je rêvais de clairs de lune sur l'eau jusqu'à avoir envie de me noyer.

« Je n'osais pas parler de ça à M. Beaurain dans les premiers temps. Je savais bien qu'il se moquerait de moi et qu'il me renverrait vendre mon fil et mes aiguilles ! Et puis, à vrai dire, M. Beaurain ne me disait plus grand'chose; mais en me regardant dans ma glace, je comprenais bien aussi que je ne disais plus rien à personne, moi !

« Donc, je me décidai et je lui proposai une partie de campagne au pays où nous nous étions connus. Il accepta sans défiance et nous voici arrivés, ce matin, vers les neuf heures.

« Moi je me sentis toute retournée quand je suis entrée dans les blés. Ça ne vieillit pas, le cœur des femmes ! Et, vrai, je ne voyais plus mon mari tel qu'il est, mais bien tel qu'il était autrefois ! Ça, je

Duft der Veilchen verfolgte mich bis zu meinem Sitz hinter der Ladenkasse und machte mir Herzklopfen! Ich stand dann auf und stellte mich auf die Schwelle, um den blauen Himmel zwischen den Dächern anzuschauen. Wenn man den Himmel aus einer Straße heraus betrachtet, kommt er einem vor wie ein Fluss, ein langer Fluss, der mit vielen Windungen nach Paris hineinfließt, und die Schwalben bewegen sich darin wie Fische. Wirklich blöd, so etwas, und in meinem Alter! Aber was wollen Sie machen, Monsieur: Wenn man sein Leben lang gearbeitet hat, kommt ein Augenblick, da merkt man, dass man ganz etwas anderes hätte tun können, und dann bereut man es, oh, und wie man es bereut! Bedenken Sie, zwanzig Jahre lang hätte ich in den Wäldern Küsse einsammeln können wie die anderen, wie die anderen Frauen. Ich träumte davon, wie schön es sein musste, unterm Blattwerk zu liegen und jemanden zu lieben! Tag für Tag habe ich daran gedacht, Nacht für Nacht! Ich malte mir Mondscheinnächte auf dem Fluss aus, bis ich am liebsten ins Wasser gegangen wäre.

Die erste Zeit habe ich nicht gewagt, mit Herrn Beaurain darüber zu sprechen. Ich wusste ja, dass er sich über mich lustig machen und ans Verkaufen von Nadel und Faden zurückschicken würde! Außerdem, um ehrlich zu sein, sagte mir Herr Beaurain nicht mehr viel; wenn ich mich allerdings im Spiegel sah, war mir klar, dass ich auch niemandem mehr etwas sagte!

Also, ich habe mich entschlossen und ihm einen Ausflug aufs Land in die Gegend vorgeschlagen, wo wir uns kennengelernt hatten. Er hat ganz arglos zugestimmt, und so sind wir heute morgen gegen neun Uhr angekommen.

Ich fühlte mich wie umgekrempelt, als ich zu den Kornfeldern kam. Wirklich, Frauenherzen altern nicht. Und ich sah meinen Mann nicht so, wie er ist, sondern so, wie er einmal war! Ich schwöre es Ihnen, Monsieur. Ich war wie

vous le jure, Monsieur. Vrai de vrai, j'étais grise. Je me mis à l'embrasser; il en fut plus étonné que si j'avais voulu l'assassiner. Il me répétait: "Mais tu es folle. Mais tu es folle, ce matin. Qu'est-ce qui te prend? …" Je ne l'écoutais pas, moi, je n'écoutais que mon cœur. Et je le fis entrer dans le bois … Et voilà … j'ai dit la vérité, monsieur le Maire, toute la vérité.»

Le maire était un homme d'esprit. Il se leva, sourit, et dit: «Allez en paix, Madame, et ne péchez plus … sous les feuilles.»

betrunken, das ist die reine Wahrheit. Und ich habe ihn abgeküsst; er war erstaunter, als wenn ich ihn hätte ermorden wollen. Er sagte immer wieder: ‹Du bist ja verrückt. Du bist verrückt heute morgen. Was ist denn los mit dir? …› Ich hörte nicht auf ihn, ich hörte nur auf mein Herz. Und ich zog ihn in den Wald … So ist es gekommen … Ich habe die Wahrheit gesagt, Herr Bürgermeister, nichts als die Wahrheit.»

Der Bürgermeister war ein witziger Mann. Er erhob sich und sagte lächelnd: «Gehen Sie in Frieden, Madame, und sündigen Sie hinfort nicht mehr … im Grünen.»

Les tombales

Les cinq amis achevaient de dîner, cinq hommes du monde, mûrs, riches, trois mariés, deux restés garçons. Ils se réunissaient ainsi tous les mois, en souvenir de leur jeunesse, et, après avoir dîné, ils causaient jusqu'à deux heures du matin. Restés amis intimes, et se plaisant ensemble, ils trouvaient peut-être là leurs meilleurs soirs dans la vie. On bavardait sur tout, sur tout ce qui occupe et amuse les Parisiens; c'était entre eux, comme dans la plupart des salons d'ailleurs, une espèce de recommencement parlé de la lecture des journaux du matin.

Un des plus gais était Joseph de Bardon, célibataire et vivant la vie parisienne de la façon la plus complète et la plus fantaisiste. Ce n'était point un débauché ni un dépravé, mais un curieux, un joyeux encore jeune; car il avait à peine quarante ans. Homme du monde dans le sens le plus large et le plus bienveillant que puisse mériter ce mot, doué de beaucoup d'esprit sans grande profondeur, d'un savoir varié sans érudition vraie, d'une compréhension agile sans pénétration sérieuse, il tirait de ses observations, de ses aventures, de tout ce qu'il voyait, rencontrait et trouvait, des anecdotes de roman comique et philosophique en même temps, et des remarques humoristiques qui lui faisaient par la ville une grande réputation d'intelligence.

C'était l'orateur du dîner. Il avait la sienne, chaque fois, son histoire, sur laquelle on comptait. Il se mit à la dire sans qu'on l'en eût prié.

Fumant, les coudes sur la table, un verre de fine champagne à moitié plein devant son assiette, engourdi dans une atmosphère de tabac aromatisée par le café

Grabgängerinnen

Die fünf Freunde beendeten gerade ihr Abendessen, lauter Männer der guten Gesellschaft, erfahren, wohlhabend, drei verheiratet, zwei ledig. So trafen sie sich einmal im Monat zur Erinnerung an ihre Jugend; und nach dem Essen unterhielten sie sich bis zwei Uhr morgens. Da sie enge Freunde geblieben waren und das Zusammensein genossen, gehörten diese gemeinsamen Abende vielleicht zu den besten ihres Lebens. Sie plauderten über alles, über alle Themen, die die Pariser umtrieben und belustigten; es war, wie übrigens in den meisten Salons, so etwas wie das nochmalige Durchhecheln der Morgenzeitung.

Einer der Fröhlichsten war Joseph de Bardon, der als Junggeselle das Pariser Leben besonders umfassend und fantasievoll auskostete. Er war keiner, der über die Stränge schlug, er war auch nicht sittenlos, aber er war neugierig, heiter und noch jung, nicht ganz vierzig Jahre alt. Im weitesten und wohlmeinendsten Sinne war er ein Mann von Welt, geistreich ohne zuviel Tiefgang, mit breitem Wissen ohne wirkliche Bildung, von rascher Auffassungsgabe ohne echte Durchdringung; so machte er aus seinen Beobachtungen, seinen Erlebnissen, aus allem, was er sah, vorfand und entdeckte, Romanepisoden, die zugleich komisch und philosophisch waren, und humorvolle Aussprüche, die ihm in der Stadt den Ruf großer Intelligenz verschafften.

Er führte beim Abendessen das Wort. Jedes Mal hatte er eine Geschichte auf Lager, seine ganz spezielle, auf die man schon gespannt wartete. Er fing an zu erzählen, ohne dass man ihn bitten musste.

Mit aufgestützten Ellenbogen, rauchend, ein halbvolles Glas Cognac vor seinem Teller, eingehüllt in Kaffeeduft und Tabakdunst, so schien er ganz in sich zu ruhen, wie manche

chaud, il semblait chez lui tout à fait, comme certains êtres sont chez eux absolument, en certains lieux et en certains moments, comme une dévote dans une chapelle, comme un poisson rouge dans son bocal.

Il dit entre deux bouffées de fumée : « Il m'est arrivé une singulière aventure il y a quelque temps. »

Toutes les bouches demandèrent presque ensemble : « Racontez. »

Il reprit :

Volontiers. Vous savez que je me promène beaucoup dans Paris, comme des bibelotiers qui fouillent les vitrines. Moi je guette les spectacles, les gens, tout ce qui passe, et tout ce qui se passe.

Or, vers la mi-septembre, il faisait très beau temps à ce moment-là, je sortis de chez moi, une après-midi, sans savoir où j'irais. On a toujours un vague désir de faire une visite à une jolie femme quelconque. On choisit dans sa galerie, on les compare dans sa pensée, on pèse l'intérêt qu'elles vous inspirent, le charme qu'elles vous imposent et on se décide enfin suivant l'attraction du jour. Mais quand le soleil est très beau et l'air tiède, ils vous enlèvent souvent toute envie de visites.

Le soleil était beau, et l'air tiède ; j'allumai un cigare et je m'en allai tout bêtement sur le boulevard extérieur. Puis comme je flânais, l'idée me vint de pousser jusqu'au cimetière Montmartre et d'y entrer.

J'aime beaucoup les cimetières, moi, ça me repose et me mélancolise : j'en ai besoin. Et puis, il y a aussi de bons amis là-dedans, de ceux qu'on ne va plus voir ; et j'y vais encore, moi, de temps en temps.

Justement, dans ce cimetière Montmartre, j'ai une

Leute an bestimmten Orten zu bestimmten Zeiten ganz sie selber sind, wie eine fromme Seele in der Kirche, wie ein Goldfisch im Glas.

Zwischen zwei ausgeatmeten Rauchwolken sagte er: « Vor einiger Zeit hatte ich ein höchst merkwürdiges Erlebnis. »

Wie aus einem Mund ertönte von den Freunden die Bitte: « Erzählen Sie! »

So hob er an:

Gern. Sie wissen, dass ich oft in Paris herumspaziere wie die Nippesjäger, die die Schaufenster abklappern. Ich beobachte die Straßenszene, die Leute, alles was vorbeikommt und alles was vorkommt.

Einmal – es war Mitte September und sehr schönes Wetter – ging ich eines Nachmittags aus, ohne ein bestimmtes Ziel. Es gibt immer so einen unterschwelligen Wunsch, irgendeine hübsche Frau zu besuchen. Man lässt seine Galerie an Schönen Revue passieren, man vergleicht sie in Gedanken, man wägt den Reiz ab, den sie auf einen ausüben, den Zauber, der von ihnen ausgeht, und entscheidet sich für die Glanznummer des Tages. Scheint jedoch die Sonne recht schön, und ist die Luft ganz lau, so nimmt einem das jede Lust auf Besuche.

Die Sonne strahlte, und die Luft war lau; ich zündete eine Zigarre an und begab mich ganz schlicht auf den äußeren Boulevard. Als ich so vor mich hin schlenderte, kam ich auf den Gedanken, meinen Weg bis zum Friedhof von Montmartre auszudehnen und hineinzugehen.

Ich besuche gern Friedhöfe, das bringt mich zur Ruhe, stimmt mich wehmütig: ich brauche das. Und dann liegen da auch gute Freunde, solche die man nicht mehr besucht; ich gehe noch zu ihnen von Zeit zu Zeit.

Gerade auf dem Friedhof von Montmartre gibt es für

histoire de cœur, une maîtresse qui m'avait beaucoup pincé, très ému, une charmante petite femme dont le souvenir, en même temps qu'il me peine énormément, me donne des regrets ... des regrets de toute nature ... Et je vais rêver sur sa tombe ... C'est fini pour elle.

Et puis, j'aime aussi les cimetières, parce que ce sont des villes monstrueuses, prodigieusement habitées. Songez donc à ce qu'il y a de morts dans ce petit espace, à toutes les générations de Parisiens qui sont logés là, pour toujours, troglodytes définitifs enfermés dans leurs petits caveaux, dans leurs petits trous couverts d'une pierre ou marqués d'une croix, tandis que les vivants occupent tant de place et font tant de bruit, ces imbéciles.

Puis encore, dans les cimetières, il y a des monuments presque aussi intéressants que dans les musées. Le tombeau de Cavaignac m'a fait songer, je l'avoue, sans le comparer, à ce chef-d'œuvre de Jean Goujon: le corps de Louis de Brézé, couché dans la chapelle souterraine de la cathédrale de Rouen; tout l'art dit moderne et réaliste est venu de là, Messieurs. Ce mort, Louis de Brézé, est plus vrai, plus terrible, plus fait de chair inanimée, convulsée encore par l'agonie, que tous les cadavres tourmentés qu'on tortionne aujourd'hui sur les tombes.

Mais au cimetière Montmartre on peut encore admirer le monument de Baudin, qui a de la grandeur; celui de Gautier, celui de Murger, où j'ai vu l'autre jour une seule pauvre couronne d'immortelles jaunes, apportées par qui? par la dernière grisette, très vieille, et concierge aux environs, peut-être? C'est une jolie statuette de Millet, mais que détruisent l'abandon et la saleté. Chante la jeunesse, ô Murger!

mich so eine Herzenssache, eine Geliebte, in die ich ganz verknallt war, die mich sehr aufgeregt hatte, eine bezaubernde kleine Person, an die ich zugleich mit viel Wehmut und Sehnsucht … mancherlei Sehnsüchten zurückdenke. An ihrem Grab komme ich ins Träumen … Für sie ist es vorbei.

Und dann mag ich Friedhöfe auch, weil es dicht bewohnte Städte von scheußlicher Bauart sind. Bedenkt, wie viele Tote es hier auf engem Raum gibt, wie viele Generationen von Parisern hier untergebracht sind für immer, Weltenbummler am Ziel, eingeschlossen in ihre kleinen Kammern, in ihre mit einem Stein oder einem Kreuz versehenen Gruben, während die Lebenden so viel Platz beanspruchen und so viel Lärm machen, diese Narren.

Auf den Friedhöfen gibt es übrigens fast ebenso bemerkenswerte Denkmäler wie in den Museen. Das Grabmal von Cavaignac erinnert mich, ohne dass ich es damit vergleichen wollte, an das Meisterwerk von Goujon: an Louis de Brézé in der Krypta der Kathedrale von Rouen. Die ganze sogenannte moderne, realistische Kunst nimmt hier ihren Anfang, meine Herren. Dieses Abbild von Louis de Brézé ist echter, schrecklicher, einem leblosen, vom Todeskampf gezeichneten Körper ähnlicher als alle gequälten Leichname, die man heutzutage als verrenkte Skulpturen auf den Gräbern drapiert.

Doch auf dem Friedhof von Montmartre kann man noch weitere Grabmäler bewundern: das großartige von Baudin, das von Gautier oder auch das von Murger, wo ich kürzlich einen armseligen Strohblumenkranz liegen sah. Wer den wohl gebracht hat? Vielleicht das letzte leichte Mädchen, inzwischen als Hausmeisterin in der Vorstadt ergraut? Es ist eine hübsche kleine Statue von Millet, zerstört von Verwahrlosung und Dreck. Besinge nur die Jugend, Murger!

Me voici donc entrant dans le cimetière Montmartre, et tout à coup imprégné de tristesse, d'une tristesse qui ne faisait pas trop de mal, d'ailleurs, une de ces tristesses qui vous font penser, quand on se porte bien : « Ça n'est pas drôle, cet endroit-là, mais le moment n'en est pas encore venu pour moi … »

L'impression de l'automne, de cette humidité tiède qui sent la mort des feuilles et le soleil affaibli, fatigué, anémique, aggravait en la poétisant la sensation de solitude et de fin définitive flottant sur ce lieu, qui sent la mort des hommes.

Je m'en allais à petits pas dans ces rues de tombes, où les voisins ne voisinent point, ne couchent plus ensemble et ne lisent pas de journaux. Et je me mis, moi, à lire les épitaphes. Ça, par exemple, c'est la chose la plus amusante du monde. Jamais Labiche, jamais Meilhac ne m'ont fait rire comme le comique de la prose tombale. Ah ! quel livres supérieurs à ceux de Paul de Kock pour ouvrir la rate que ces plaques de marbre et ces croix où les parents des morts ont épanché leurs regrets, leurs vœux pour le bonheur du disparu dans l'autre monde, et leur espoir de le rejoindre – blagueurs !

Mais j'adore surtout, dans ce cimetière, la partie abandonnée, solitaire, pleine de grands ifs et de cyprès, vieux quartier des anciens morts qui redeviendra bientôt un quartier neuf, dont on abattra les arbres verts, nourris de cadavres humains, pour aligner les récents trépassés sous de petites galettes de marbre.

Quand j'eus erré là le temps de me rafraîchir l'esprit, je compris que j'aillais m'ennuyer et qu'il fallait porter au dernier lit de ma petite amie l'hommage fidèle de mon souvenir. J'avais le cœur un peu

So betrete ich also den Friedhof von Montmartre und werde plötzlich von Traurigkeit überfallen, einer Traurigkeit allerdings, die nicht allzu weh tut, die Sorte trauriger Gedanken, die einem kommen, so lange es einem gut geht: «Dieser Ort hat nichts Heiteres an sich, aber für mich ist es noch nicht an der Zeit ...»

Die Herbststimmung, dieser laue Dunst, der nach totem Laub und schwindender, matter, kraftloser Sonne riecht, verstärkte geradezu romantisch das Gefühl von Einsamkeit und Endstation, das über diesem Ort liegt und einen Todeshauch verbreitet.

Ich ging mit kleinen Schritten durch die Gräberreihen, wo Nachbarn sich nicht mehr besuchen, nicht mehr miteinander schlafen und nicht mehr die Zeitung lesen. Und dann begann ich, die Grabinschriften zu lesen. Das gehört nun wirklich zu den erheiterndsten Dingen der Welt. Die Schriften von Labiche und Meilhac haben mich nicht so zum Lachen gebracht wie die komische Grabstein-Prosa. Ach, um sich vor Lachen zu biegen, eignen sich besser als alle Bücher von Paul de Kock die Sprüche auf Marmorplatten oder Kreuzen, mit denen Verwandte der Verstorbenen ihr Bedauern, ihre guten Wünsche für das Glück des Dahingegangenen im Jenseits und ihre Hoffnung auf ein Wiedersehen zum Ausdruck bringen – Witzbolde!

In diesem Friedhof liebe ich vor allem den aufgegebenen Teil, abseits gelegen, bepflanzt mit großen Eiben und Zypressen, ein altes Viertel mit ehemaligen Gräbern, das demnächst neu belegt werden wird, wo man die von menschlichen Leichnamen wohlgenährten Bäume fällen wird, um für frisch Verstorbene neue Gräberreihen mit kleinen Marmorplatten anzulegen.

Als ich dort eine Weile herumgeschlendert war und meinen Geist ausgeruht hatte, begann ich mich zu langweilen und beschloss, dem letzten Lager meiner Freundin mein treues Andenken zu widmen. Mir war etwas wehmütig ums

serré en arrivant près de sa tombe. Pauvre chère, elle était si gentille, et si amoureuse, et si blanche, et si fraîche … et maintenant … si on ouvrait ça …

Penché sur la grille de fer, je lui dis tout bas ma peine, qu'elle n'entendit point sans doute, et j'allais partir quand je vis une femme en noir, en grand deuil, qui s'agenouillait sur le tombeau voisin. Son voile de crêpe relevé laissait apercevoir une jolie tête blonde, dont les cheveux en bandeaux semblaient éclairés par une lumière d'aurore sous la nuit de sa coiffure. Je restai.

Certes, elle devait souffrir d'une profonde douleur. Elle avait enfoui son regard dans ses mains, et rigide, en une méditation de statue, partie en ses regrets, égrenant dans l'ombre des yeux cachés et fermés le chapelet torturant des souvenirs, elle semblait elle-même être une morte qui penserait à un mort. Puis tout à coup je devinai qu'elle allait pleurer, je le devinai à un petit mouvement du dos pareil à un frisson de vent dans un saule. Elle pleura doucement d'abord, puis plus fort, avec des mouvements rapides du cou et des épaules. Soudain elle découvrit ses yeux. Ils étaient pleins de larmes et charmants, des yeux de folle qu'elle promena autour d'elle, en une sorte de réveil de cauchemar. Elle me vit la regarder, parut honteuse et se cacha encore toute la figure dans ses mains. Alors ses sanglots devinrent convulsifs, et sa tête lentement se pencha vers le marbre. Elle y posa son front, et son voile se répandant autour d'elle couvrit les angles blancs de la sépulture aimée, comme un deuil nouveau. Je l'entendis gémir, puis elle s'affaissa, sa joue sur la dalle, et demeura immobile, sans connaissance.

Je me précipitai vers elle, je lui frappai dans les

Herz, als ich vor ihrem Grab stand. Armes Schätzchen, so nett war sie, so verliebt, so strahlend und so frisch … und jetzt … wenn man dies hier öffnen würde …

Über das Eisengitter gebeugt, flüsterte ich ihr meinen Schmerz zu, was sie wohl nicht hörte, und wollte gerade weggehen, als mir eine Frau in tiefschwarzer Trauerkleidung auffiel, die am Nachbargrab kniete. Der zurückgeschlagene Trauerflor ließ einen hübschen Blondkopf erkennen, dessen zusammengebundenes Haar unter der dunklen Kopfbedeckung wie im Morgenrot aufzuleuchten schien. Ich blieb stehen.

Keine Frage, sie war in tiefstem Schmerz. Sie hatte das Gesicht in den Händen vergraben und sich starr wie eine Skulptur im stillen Gebet ihrem Kummer hingegeben, hatte im Dunkel der verborgenen, geschlossenen Augen ihre quälenden Erinnerungen wie Rosenkranzperlen vorübergleiten lassen; so glich sie ihrerseits einer Toten, die eines Verstorbenen gedenkt. Dann kam es mir vor, als würde sie gleich weinen; eine kleine Bewegung im Rücken, vergleichbar einem Windhauch in einer Weide, deutete es mir an. Zunächst weinte sie verhalten, dann stärker mit raschem Zucken von Hals und Schultern. Plötzlich entblößte sie die Augen. Sie waren tränenerfüllt und bezaubernd, irre Augen, die sie umherschweifen ließ, als erwache sie gerade aus einem Alptraum. Sie merkte, dass ich sie beobachtete, schien sich zu schämen und verbarg erneut das ganze Gesicht in den Händen. Dann überfiel sie ein Weinkrampf, und ihr Kopf senkte sich langsam auf den Marmor. Sie stützte dort ihre Stirn auf, ihr Schleier breitete sich um sie aus und bedeckte die weißen Ecken des geliebten Grabmals wie mit einem Trauerflor. Ich hörte sie seufzen, dann sank sie in sich zusammen, blieb mit der Wange auf der Steinplatte liegen, regungslos, bewusstlos.

Ich stürzte zu ihr in, klatschte in die Hände, blies auf

mains, je soufflai sur ses paupières, tout en lisant l'épitaphe très simple: «Ici repose Louis-Théodore Carrel, capitaine d'infanterie de marine, tué par l'ennemi, au Tonkin. Priez pour lui.»

Cette mort remontait à quelques mois. Je fus attendri jusqu'aux larmes, et je redoublai mes soins. Ils réussirent; elle revient à elle. J'avais l'air très ému – je ne suis pas trop mal, je n'ai pas quarante ans. Je compris à son premier regard qu'elle serait polie et reconnaissante. Elle le fut, avec d'autres larmes, et son histoire contée, sortie par fragments de sa poitrine haletante, la mort de l'officier tombé au Tonkin, au bout d'un an de mariage, après l'avoir épousée par amour, car, orpheline de père et de mère, elle avait tout juste la dot réglementaire.

Je la consolai, je la réconfortai, je la soulevai, je la relevai. Puis je lui dis:

«Ne restez pas ici. Venez.»

Elle murmura: «Je suis incapable de marcher.

– Je vais vous soutenir.

– Merci, Monsieur, vous êtes bon. Vous veniez également ici pleurer un mort?

– Oui, Madame.»

– Une morte?

– Oui, Madame.

– Votre femme?

– Une amie.

– On peut aimer une amie autant que sa femme, la passion n'a pas de loi.

– Oui, Madame.»

Et nous voilà partis ensemble, elle appuyée sur moi, moi la portant presque par les chemins du cimetière. Quand nous en fûmes sortis, elle murmura, défaillante: «Je crois que je vais me trouver mal.

ihre Augenlider, und las nebenbei die schlichte Grabinschrift: «Hier ruht Louis-Théodore Carrel, Marine-Infanterie-Hauptmann, vor dem Feind in Tongking gefallen. Betet für ihn.»

Dieser Tod lag einige Monate zurück. Ich war zu Tränen gerührt und verdoppelte meine Bemühungen, mit Erfolg; sie kam wieder zu sich. Ich muss sehr ergriffen gewirkt haben – und sehe durchaus nicht schlecht aus und bin noch nicht vierzig. Mit ihrem ersten Blick gab sie zu erkennen, dass sie höflich und dankbar sein würde. So war es; unter weiteren Tränen erzählte sie bruchstückhaft und nach Atem ringend ihre Geschichte, vom Tod des in Tongking gefallenen Offiziers, nach dem ersten Ehejahr; er hatte sie aus Liebe geheiratet, denn sie war Vollwaise und verfügte nur über eine ganz normale Mitgift.

Ich tröstete sie, gab ihr neuen Mut, stützte sie und half ihr auf. Dann sagte ich zu ihr:

«Bleiben Sie nicht hier. Kommen Sie mit.»

Sie murmelte: «Ich kann unmöglich gehen.»

«Ich werde Sie stützen.»

«Vielen Dank, Monsieur, Sie sind sehr gütig. Sind Sie auch hier, um einen Toten zu beweinen?»

«Ja, Madame.»

«Eine Verstorbene?»

«Ja, Madame.»

«Ihre Frau?»

«Eine Freundin.»

«Man kann eine Freundin genau so lieben wie seine Frau, die Leidenschaft kennt kein Gesetz.»

«Ja, Madame.»

Und so sind wir zusammen weggegangen, sie stützte sich auf mich, wobei ich sie beinahe über die Friedhofswege trug. Als wir hinausgingen, murmelte sie kraftlos: «Ich glaube, mir wird schlecht.»

– Voulez-vous entrer quelque part, prendre quelque chose?

– Oui, Monsieur.»

J'aperçus un restaurant, un de ces restaurants où les amis des morts vont fêter la corvée finie. Nous y entrâmes. Et je lui fis boire une tasse de thé bien chaud qui parut la ranimer. Un vague sourire lui vint aux lèvres. Et elle me parla d'elle. C'était si triste, si triste d'être toute seule dans la vie, toute seule chez soi, nuit et jour, de n'avoir plus personne à qui donner de l'affection, de la confiance, de l'intimité.

Cela avait l'air sincère. C'était gentil dans sa bouche. Je m'attendrissais. Elle était fort jeune, vingt ans peut-être. Je lui fis des compliments qu'elle accepta fort bien. Puis, comme l'heure passait, je lui proposai de la reconduire chez elle avec une voiture. Elle accepta; et, dans le fiacre, nous restâmes tellement l'un contre l'autre, épaule contre épaule, que nos chaleurs se mêlaient à travers les vêtements, ce qui est bien la chose la plus troublante du monde.

Quand la voiture fut arrêtée à sa maison, elle murmura: «Je me sens incapable de monter seule mon escalier, car je demeure au quatrième. Vous avez été si bon, voulez-vous encore me donner le bras jusqu'à mon logis?»

Je m'empressai d'accepter. Elle monta lentement, en soufflant beaucoup. Puis, devant sa porte, elle ajouta: «Entrez donc quelques instants pour que je puisse vous remercier.»

Et j'entrai, parbleu.

C'était modeste, même un peu pauvre, mais simple et bien arrangé, chez elle.

Nous nous assîmes côte à côte sur un petit canapé, et elle me parla de nouveau de sa solitude.

«Wollen Sie irgendwo einkehren und etwas zu sich nehmen?»

«Ja, Monsieur.»

Ich sah ein Restaurant, eine der Gaststätten, wo die Freunde der Verstorbenen nach dem Ende der Totenfeier noch zusammenkommen. Dort kehrten wir ein. Ich ließ sie einen heißen Tee trinken, der sie zu beleben schien. Ein undeutliches Lächeln huschte über ihre Lippen. Und sie erzählte von sich. Es war so unendlich traurig, ganz allein zu sein im Leben, mutterseelenallein zu Hause bei Tag und Nacht, niemanden zu haben, dem man Zuneigung, Vertrauen, Geborgenheit schenken konnte.

Es hörte sich aufrichtig an. Es klang freundlich aus ihrem Mund. Ich war gerührt. Sie war sehr jung, vielleicht zwanzig. Ich schmeichelte ihr, was sie wohlwollend aufnahm. Da die Zeit fortschritt, schlug ich ihr vor, sie in einem Wagen nach Hause zu begleiten. Sie ging darauf ein; und in der Kutsche saßen wir so eng beieinander, Schulter an Schulter, dass sich unsere Körperwärme durch die Kleidung hindurch mischte, was die verwirrendsten Gefühle der Welt auslöst.

Als der Wagen vor ihrem Haus anhielt, murmelte sie: «Ich fühle mich außerstande, allein die Treppe hinauf zu gehen, denn ich wohne im vierten Stock. Sie waren so gütig; würden Sie mir noch bis zu meiner Wohnung Ihren Arm reichen?»

Ich willigte gerne ein. Sie stieg langsam hinauf und schnaufte dabei heftig. Vor der Tür fügte sie dann hinzu: «Kommen Sie doch einen Augenblick herein, damit ich Ihnen danken kann.»

Und, verflixt nochmal, ich trat ein.

Eine bescheidene, fast ein wenig ärmliche Wohnung, aber schlicht und geschmackvoll eingerichtet.

Wir setzten uns nebeneinander auf ein kleines Sofa, sie spracht erneut von ihrer Einsamkeit.

Elle sonna sa bonne, afin de m'offrir quelque chose à boire. La bonne ne vint pas. J'en fus ravi en supposant que cette bonne-là ne devait être que du matin: ce qu'on appelle une femme de ménage.

Elle avait ôté son chapeau. Elle était vraiment gentille avec ses yeux clairs fixés sur moi, si bien fixés, si clairs que j'eus une tentation terrible et j'y cédai. Je la saisis dans mes bras, et sur des paupières qui se fermèrent soudain, je mis des baisers … des baisers … des baisers … tant et plus.

Elle se débattait en me repoussant et répétant: «Finissez … finissez … finissez donc.»

Quel sens donnait-elle à ce mot? En des cas pareils, «finir» peut en avoir au moins deux. Pour la faire taire je passai des yeux à la bouche, et je donnai au mot «finir» la conclusion que je préférais. Elle ne résista pas trop, et quand nous nous regardâmes de nouveau, après cet outrage à la mémoire du capitaine tué au Tonkin, elle avait un air alangui, attendri, résigné, qui dissipa mes inquiétudes.

Alors je fus galant, empressé et reconnaissant. Et après une nouvelle causerie d'une heure environ, je lui demandai: «Où dînez-vous?

– Dans un petit restaurant des environs.

– Toute seule?

– Mais oui.

– Voulez-vous dîner avec moi?

– Où ça?

– Dans un bon restaurant du boulevard.»

Elle résista un peu. J'insistai: elle céda, en se donnant à elle-même cet argument: «Je m'ennuie tant … tant», puis elle ajouta: «Il faut que je passe une robe un peu moins sombre».

Sie klingelte ihrem Hausmädchen, um mir etwas zu trinken anzubieten. Das Mädchen kam nicht. Ich war hocherfreut darüber und nahm an, diese Hausgehilfin sei nur morgens da: also eine so genannte Zugehfrau.

Sie hatte ihren Hut abgenommen. Mit ihren hellen auf mich gerichteten Augen sah sie wirklich reizend aus – Augen, so hell, so unverwandt auf mich gerichtet, dass mich eine furchtbare Versuchung packte und übermannte. Ich schloss sie in die Arme und küsste sie auf die plötzlich geschlossenen Augenlider – Küsse über Küsse ohne Ende.

Sie wehrte sich und stieß mich zurück, wobei sie immer wieder sagte: «Hören Sie auf … Schluss damit … so kommen Sie doch zum Ende!»

Was wollte sie damit sagen? «Zum Ende kommen» kann in solchen Fällen zumindest zweierlei heißen. Um sie zum Schweigen zu bringen, glitt ich von den Augen zum Mund und gab dem Wort den Sinn, den ich vorzog. Sie leistete kaum Widerstand, und als wir uns erneut anschauten nach dieser Verhöhnung des Andenkens an den in Tongking gefallenen Hauptmann, wirkte sie sehnsüchtig, weich, ergeben, was meine Bedenken zerstreute.

So zeigte ich mich liebenswürdig, beflissen und dankbar. Und nachdem wir eine weitere Stunde verplaudert hatten, fragte ich sie: «Wo essen Sie zu Abend?»

«In einem kleinen Restaurant hier in der Gegend.»

«Ganz allein?»

«Natürlich.»

«Möchten Sie mit mir speisen?»

«Wo denn?»

«In einem guten Restaurant am Boulevard.»

Sie wehrte sich ein wenig. Ich bedrängte sie: da gab sie nach, indem sie sich selbst Trost zusprach: «Ich langweile mich so … unsagbar» und fügte dann hinzu: «Ich sollte ein etwas weniger düsteres Kleid anziehen.»

Et elle entra dans sa chambre à coucher.

Quand elle en sortit, elle était en demi-deuil, charmante, fine et mince, dans une toilette grise et fort simple. Elle avait évidemment tenue de cimetière et tenue de ville.

Le dîner fut très cordial. Elle but du champagne, s'alluma, s'anima et je rentrai chez elle, avec elle.

Cette liaison nouée sur les tombes dura trois semaines environ. Mais on se fatigue de tout, et principalement des femmes. Je la quittai sous prétexte d'un voyage indispensable. J'eus un départ très généreux, dont elle me remercia beaucoup. Et elle me fit promettre, elle me fit jurer de revenir après mon retour, car elle semblait vraiment un peu attachée à moi.

Je courus à d'autres tendresses, et un mois environ se passa sans que la pensée de revoir cette petite amoureuse funéraire fût assez forte pour que j'y cédasse. Cependant je ne l'oubliais point … Son souvenir me hantait comme un mystère, comme un problème de psychologie, comme une de ces questions inexplicables dont la solution nous harcèle.

Je ne sais pourquoi, un jour, je m'imaginai que je la retrouverais au cimetière Montmartre, et j'y allai.

Je m'y promenai longtemps sans rencontrer d'autres personnes que les visiteurs ordinaires de ce lieu, ceux qui n'ont pas encore rompu toutes relations avec leurs morts.

La tombe du capitaine tué au Tonkin n'avait pas de pleureuse sur son marbre, ni de fleurs, ni de couronnes.

Mais comme je m'égarais dans un autre quartier de cette grande ville de trépassés, j'aperçus tout à

Und so ging sie in ihr Schlafzimmer.

Als sie wieder herauskam, war sie in Halbtrauer, entzükkend, zierlich und schmal, in einem sehr schlichten grauen Kleid. Offenbar verfügte sie über Friedhofskleidung und Ausgehgarderobe.

Das Abendessen verlief sehr herzlich. Sie trank Champagner, entflammte, wurde lebhafter, und ich ging mit ihr in ihre Wohnung.

Diese über den Gräbern geknüpfte Liebesbeziehung währte etwa drei Wochen. Aber schließlich verliert alles an Reiz, vor allem die Frauen. Ich verließ sie unter dem Vorwand einer unumgänglichen Reise. Beim Abschied zeigte ich mich überaus großzügig, wofür sie mir sehr dankte. Und sie nahm mir das Versprechen ab, ließ mich sogar schwören, nach meiner Rückkehr wiederzukommen, denn sie schien tatsächlich ein wenig an mir zu hängen.

Ich gab mich anderen Zärtlichkeiten hin, und so verstrich ungefähr ein Monat, ohne dass der Wunsch, diese kleine Friedhofsliebschaft aufzusuchen, so stark wurde, dass ich ihm nachgegeben hätte. Ich hatte sie jedoch keineswegs vergessen ... Die Erinnerung an sie verfolgte mich wie ein Geheimnis, wie ein psychologisches Problem, wie ein ungelöstes Rätsel, das einen quält.

Ich weiß nicht, warum, aber eines Tages dachte ich, ich könnte sie vielleicht auf dem Friedhof Montmartre wiedersehen, und so machte ich mich auf.

Lange ging ich vor mich hin, ohne jemand anderen zu treffen als die üblichen Friedhofsbesucher, die noch nicht alle Verbindungen zu ihren Verstorbenen abgebrochen haben.

Das Grab des in Tongking gefallenen Hauptmanns wurde heute von niemandem beweint, auf der Marmorplatte lagen weder Blumen noch Kränze.

Aber als ich mich in einen anderen Teil dieser großen Totenstadt verlief, sah ich plötzlich aus einer engen Allee

coup, au bout d'une étroite avenue de croix, venant vers moi, un couple en grand deuil, l'homme et la femme. O stupeur! quand ils s'approchèrent, je la reconnus. C'était elle!

Elle me vit, rougit, et, comme je la frôlais en la croisant, elle me fit un tout petit signe, un tout petit coup d'œil qui signifiaient: «Ne me reconnaissez pas», mais qui semblaient dire aussi: «Revenez me voir, mon chéri.»

L'homme était bien, distingué, chic, officier de la Légion d'honneur, âgé d'environ cinquante ans.

Et il la soutenait, comme je l'avais soutenue moi-même en quittant le cimetière.

Je m'en allai stupéfait, me demandant ce que je venais de voir, à quelle race d'êtres appartenait cette sépulcrale chasseresse. Etait-ce une simple fille, une prostituée inspirée qui allait cueillir sur les tombes les hommes tristes, hantés par une femme, épouse ou maîtresse, et troublés encore du souvenir des caresses disparues? Etait-elle unique? Sont-elles plusieurs? Est-ce une profession? Fait-on le cimetière comme on fait le trottoir? Les Tombales! Ou bien avait-elle eu seule cette idée admirable, d'une philosophie profonde, d'exploiter les regrets d'amour qu'on ranime en ces lieux funèbres?

Et j'aurais bien voulu savoir de qui elle était veuve, ce jour-là?

mit Kreuzen ein tief trauerndes Paar, einen Mann und eine Frau, auf mich zukommen. Was für eine Überraschung! Als sie näher kamen, erkannte ich *sie*. Tatsächlich, sie war es.

Sie erkannte mich, errötete, und als ich sie im Vorbeigehen streifte, gab sie mir einen kleinen Wink, einen kurzen Blick, womit sie mir bedeutete: «Tun Sie, als ob Sie mich nicht kennen», gleichzeitig aber sagen wollte: «Besuchen Sie mich wieder, Liebster!»

Der Herr sah gut aus, war vornehm und schick, Offizier der Ehrenlegion und etwa fünfzig Jahre alt.

Und er stützte sie, wie ich sie gestützt hatte beim Verlassen des Friedhofs.

Ich ging verdutzt weiter und fragte mich, was ich da eben gesehen hatte, welchem Menschenschlag diese Grabjägerin angehören mochte. War sie in leichtes Mädchen, eine einfallsreiche Prostituierte, die auf den Gräbern die gebrochenen Herzen aufsammeln wollte, Männer, die von einer Frau, einer Gattin oder Geliebten heimgesucht wurden und noch aufgewühlt waren von der Erinnerung an vergangene Zärtlichkeiten? War sie die einzige? Oder gab es mehr davon? Ist das ein Beruf? Geht man auf den Friedhof, wie man sonst auf den Strich geht? Grabgängerinnen! Oder hatte sie allein diese herrliche Idee, der eine tiefe Philosophie zugrundeliegt, den Liebesschmerz auszubeuten, den man an diesem traurigen Ort neu aufleben lässt?

Und ich hätte gern gewusst, wessen Witwe sie an diesem Tag war.

Le Creusot

Le ciel est bleu, tout bleu, plein de soleil. Le train vient de passer Montchanin. Là-bas, devant nous, un nuage s'élève, tout noir, opaque, qui semble monter de la terre, qui obscurcit l'azur clair du jour, un nuage lourd, immobile. C'est la fumée du Creusot. On approche, on distingue. Cent cheminées géantes vomissent dans l'air des serpents de fumée, d'autres moins hautes et haletantes crachent des haleines de vapeur; tout cela se mêle, s'étend, plane, couvre la ville, emplit les rues, cache le ciel, éteint le soleil. Il fait presque sombre maintenant. Une poussière de charbon voltige, pique les yeux, tache la peau, macule le linge. Les maisons sont noires, comme frottées de suie, les pavés sont noirs, les vitres poudrées de charbon. Une odeur de cheminée, de goudron, de houille flotte, contracte la gorge, oppresse la poitrine, et parfois une âcre saveur de fer, de forge, de métal brûlant, d'enfer ardent, coupe la respiration, vous fait lever les yeux pour chercher l'air pur, l'air libre, l'air sain du grand ciel; mais on voit planer là-haut le nuage épais et sombre, et miroiter près de soi les facettes menues du charbon qui voltige.

C'est le Creusot.

Un bruit sourd et continu fait trembler la terre, un bruit fait de mille bruits, que coupe d'instant en instant un coup formidable, un choc ébranlant la ville entière.

Entrons dans l'usine de MM. Schneider.

Quelle féerie! C'est le royaume du fer, où règne Sa Majesté le Feu!

Le Creusot

Der Himmel ist blau, ganz blau, voller Sonne. Eben ist der Zug durch Montchanin gefahren. Da unten, vor uns, steht tiefschwarz und undurchdringlich eine Wolke, die aus der Erde aufzusteigen scheint und das helle Blau des Tages verdunkelt, eine schwere unbewegliche Wolke. Das ist der Rauch von Le Creusot. Man kommt näher und erkennt Einzelheiten. Hundert riesige Schlote speien Rauchfahnen in die Luft, andere, kleinere, stoßen keuchend ihren dampfenden Atem aus; das alles vermischt sich, breitet sich aus, schwebt, bedeckt die Stadt, erfüllt die Straßen, verhüllt den Himmel, verfinstert die Sonne. Fast dunkel ist es jetzt. Kohlenstaub wirbelt herum, sticht in die Augen, schlägt sich auf der Haut nieder, verschmutzt die Wäsche. Die Häuser sind schwarz, wie mit Ruß verputzt, die Pflastersteine schwarz, die Fensterscheiben mit Kohle bestäubt. Ein Gestank nach Schornstein, nach Teer, nach Steinkohle liegt in der Luft, schnürt die Kehle zu, lastet auf der Brust, und von Zeit zu Zeit nimmt einem der Geruch von Eisen, von Schmiede, von glühendem Metall, von Höllenglut den Atem und lässt einen in die Höhe blicken, um die reine Luft, die frische Luft, die gesunde Luft des freien Himmels zu suchen; aber man sieht dort oben nur die dichte, finstere Wolke schweben und in der Nähe die winzigen glitzernden Teilchen der herumwirbelnden Kohle flimmern.

Das ist Le Creusot.

Ein dumpfes, stetiges Geräusch läßt die Erde erzittern, ein Geräusch aus tausend Geräuschen, das von Zeit zu Zeit durch einen gewaltigen Schlag unterbrochen wird, einen Anprall, unter dem die ganze Stadt erbebt.

Gehen wir in die Fabrik der Firma Schneider hinein.

Welch ein märchenhafter Anblick! Das Reich des Eisens, in dem Seine Majestät das Feuer regiert!

Du feu ! on en voit partout. Les immenses bâtiments s'alignent à perte de vue, hauts comme des montagnes et pleins jusqu'au faîte de machines qui tournent, tombent, remontent, se croisent, s'agitent, ronflent, sifflent, grincent, crient. Et toutes travaillent du feu.

Ici des brasiers, là des jets de flamme, plus loin des blocs de fer ardent vont, viennent, sortent des fours, entrent dans les engrenages, en ressortent, y rentrent cent fois, changent de forme, toujours rouges. Les machines voraces mangent ce feu, ce fer éclatant, le broient, le coupent, le scient, l'aplatissent, le filent, le tordent, en font des locomotives, des navires, des canons, mille choses diverses, fines comme des ciselures d'artistes, monstrueuses comme des œuvres de géants, et compliquées, délicates, brutales, puissantes.

Essayons de voir, et de comprendre.

Nous entrons, à droite, sous une vaste galerie où fonctionnent quatre énormes machines. Elles vont avec lenteur, remuant leurs roues, leurs pistons, leurs tiges. Que font-elles? Pas autre chose que de souffler de l'air aux hauts fourneaux où bout le métal en fusion. Elles sont les poumons monstrueux des cornues colossales que nous allons voir. Elles respirent, rien de plus; elles font vivre et digérer les monstres.

Et voici les cornues: elles sont deux, aux deux extrémités d'une autre galerie, grosses comme des tours, ventrues, rugissantes et crachant un tel jet de flamme qu'à cent mètres les yeux sont aveuglés, la peau brûlée, et qu'on halète comme dans une étuve.

On dirait un volcan furieux. Le feu qui sort de la bouche est blanc, insoutenable à la vue et projeté

Feuer! Man sieht es überall. Die riesigen Gebäude stehen aufgereiht, so weit das Auge reicht, hoch wie Gebirge und bis unter das Dach angefüllt mit Maschinen, die sich drehen, niedersausen, wieder aufsteigen, sich begegnen, sich bewegen, rattern, pfeifen, knirschen, kreischen. Und alle arbeiten sie mit Feuer.

Hier Feuerstellen, dort Flammengarben, etwas weiter hinten glühende Eisenblöcke, die kommen und gehen, aus den Öfen herausrutschen, in das Räderwerk hineingeraten, wieder hervorschießen, hundertmal von neuem hineingleiten und ihre Form ändern, immer noch rotglühend. Die gefräßigen Maschinen verschlingen dieses Feuer, dieses blendend helle Eisen, zerquetschen es, schneiden es, sägen es, drücken es flach, ziehen es in die Länge, biegen es, machen Lokomotiven daraus, Schiffe, Kanonen, tausend verschiedene Gegenstände, fein wie von Künstlerhand getrieben, unförmig wie die Werke von Riesen, kompliziert und zerbrechlich oder brutal und mächtig.

Versuchen wir zu sehen und zu verstehen.

Wir betreten rechterhand eine weite Halle, in der vier gewaltige Maschinen arbeiten. Sie laufen langsam, bewegen ihre Räder, ihre Kolben, ihre Gestänge. Was tun sie? Nichts anderes, als den Hochöfen, in denen das geschmolzene Metall brodelt, Luft einzublasen. Sie sind die ungeheuren Lungen der riesigen Thomas-Birnen, die wir gleich sehen werden. Sie atmen, das ist alles; sie lassen diese Ungetüme leben und verdauen.

Da sind die Birnen: zwei sind es, an den beiden Enden einer anderen Halle, groß wie Türme und bauchig; brüllend speien sie eine solche Flammengarbe aus, dass einem noch auf hundert Meter die Augen geblendet sind und die Haut brennt. Man ringt nach Atem wie in einem Schwitzbad.

Ein wütender Vulkan, möchte man meinen. Das Feuer, das aus der Öffnung kommt, ist weiß, unerträglich für die Augen. Es wird mit solcher Kraft und solchem Lärm hinaus-

avec tant de force et de bruit que rien n'en peut donner l'idée.

Là-dedans l'acier bout, l'acier Bessemer dont on fait les rails. Un homme fort, beau, jeune, grave, coiffé d'un grand feutre noir, regarde attentivement l'effroyable souffle. Il est assis devant une roue pareille au gouvernail d'un navire et parfois il la fait tourner à la façon des pilotes. Aussitôt la colère de la cornue augmente; elle crache un ouragan de flammes, c'est que le chef fondeur vient d'augmenter encore le monstrueux courant d'air qui la traverse.

Et, toujours pareil à un capitaine, l'homme, à tout moment, porte à ses yeux une jumelle pour considérer la couleur du feu. Il fait un geste; un wagonnet s'avance et verse d'autres métaux dans le brasier rugissant. Le fondeur encore consulte les nuances des flammes furieuses, cherchant des indications, et, soudain, tournant une autre roue toute petite, il fait basculer la formidable cuve. Elle se retourne lentement, crachant jusqu'au toit de la galerie un terrifiant jet d'étincelles; et elle verse, délicatement, comme un éléphant qui ferait des grâces, quelques gouttes d'un liquide flamboyant dans un vase de fonte qu'on lui tend, puis elle se redresse en rugissant.

Un homme emporte ce feu sorti d'elle. Ce n'est plus maintenant qu'un lingot rouge qu'on dépose sous un marteau mû par la vapeur. Le marteau frappe, écrase, rend mince comme une feuille le métal ardent qu'on refroidit aussitôt dans l'eau. Une pince alors le saisit, le brise; et le contremaître examine le grain avant de donner l'ordre: « Coulez ! »

La cornue aussitôt se renverse de nouveau, et, comme un valet qui emplirait des verres autour d'une table, elle verse le flot flamboyant d'acier

geschleudert, dass kein Vergleich einen Begriff davon geben kann.

Da drinnen brodelt der Stahl, der Bessemerstahl, aus dem die Schienen gemacht werden. Ein kräftiger Mann, schön, jung, ernst, einen großen schwarzen Filzhut auf dem Kopf, betrachtet aufmerksam das entsetzliche Tosen. Er sitzt vor einem Rad, das so ähnlich aussieht wie das Ruder eines Schiffes, und dreht von Zeit zu Zeit daran wie ein Steuermann. Sogleich nimmt die Wut der Birne zu; sie speit einen wahren Flammensturm aus: der Gießmeister hat den ungeheuren Luftstrom, der durch sie hindurchgeht, noch verstärkt.

Und, immer noch wie ein Schiffsführer, hebt der Mann alle Augenblicke ein Fernglas an die Augen, um die Flammenfärbung zu prüfen. Er macht eine Handbewegung; ein kleiner Wagen rollt heran und gießt andere Metalle in die brüllende Glut. Der Gießer betrachtet wiederum die kleinen Veränderungen der wütenden Flammen, sucht nach irgendwelchen Anzeichen, und plötzlich lässt er, indem er ein anderes, kleineres Rad dreht, den gewaltigen Behälter kippen. Er dreht sich langsam und speit einen beängstigenden Funkenstrahl bis zum Dach der Halle; dann gießt er vorsichtig wie ein Elefant, der sich freundlich zeigen will, ein paar Tropfen einer brennenden Flüssigkeit in ein gusseisernes Gefäß, das ihm vorgehalten wird, und richtet sich brüllend wieder auf.

Ein Mann holt dieses Feuer, das da herausgeflossen ist. Es ist jetzt nur noch ein roter Barren, der unter einen mit Dampf betriebenen Hammer gelegt wird. Der Hammer schlägt und zerquetscht das glühende Metall, macht es dünn wie ein Blatt. Gleich darauf wird es in Wasser gekühlt. Dann wird es von einer Zange gefasst und zerbrochen, und der Werkmeister prüft das Korn, bevor er den Befehl gibt: «Gießen!»

Schon kippt die Birne von neuem, und wie ein Diener, der einer Tischrunde die Gläser einschenkt, gießt sie den brennenden, flüssigen Stahl, den sie in ihrem Inneren trägt, in

qu'elle porte en ses flancs dans une série de récipients de fonte déposés en rond autour d'elle.

Elle semble se déplacer d'une facon naturelle, toute simple, comme si une âme l'animait. Car il suffit, pour remuer ces engins fantastiques, pour leur faire accomplir leur œuvre, les faire aller, venir, tomber, se redresser, tourner, pivoter, il suffit de toucher à des leviers gros comme des cannes, d'appuyer sur des boutons pareils à ceux des sonnettes électriques. Une force, un génie étrange semble planer, qui gouverne les gestes pesants et faciles de ces surprenants appareils.

Nous sortons, le visage rôti, les yeux sanglants.

Voici deux tours de briques, en plein air, trop hautes pour tenir sous un toit. Une chaleur insoutenable s'en dégage. Un homme, armé d'un levier de fer, les frappe au pied, fait tomber une sorte d'enduit, creuse plus profondément. Et bientôt apparaît une lueur, un point clair. Deux coups encore et un ruisseau, un torrent de feu s'élance, suit des canaux creusés dans la terre, va, vient, coule toujours. C'est la fonte, la fonte brute en fusion. On suffoque devant ce fleuve effrayant, on fuit, on entre dans les hauts bâtiments où sont faites les locomotives et les grandes machines des navires de guerre.

On ne distingue plus, on ne sait plus, on perd la tête. C'est un labyrinthe de manivelles, de roues, de courroies, d'engrenages en mouvement. À chaque pas on se trouve en face d'un monstre qui travaille du fer rouge ou sombre. Ici ce sont des scies qui divisent des plaques larges comme le corps; là des pointes pénètrent dans des blocs de fonte et les percent ainsi qu'une aiguille qui entre en du drap;

eine Reihe von gusseisernen Behältern, die um sie herum aufgestellt sind.

Sie scheint sich ganz natürlich zu bewegen, ganz selbstverständlich, als hätte sie eine Seele. Denn um diese phantastischen Maschinen zu betätigen, um sie ihre Arbeit verrichten, kommen und gehen, fallen und wieder aufstehen, sich drehen und kippen zu lassen, braucht man nur spazierstockgroße Hebel zu berühren und auf Knöpfe zu drücken, die aussehen, als gehörten sie zu elektrischen Klingeln. Eine besondere Kraft, ein seltsamer Dämon scheint hier zu herrschen, der die plumpen und doch grazilen Bewegungen dieser erstaunlichen Apparate lenkt.

Mit erhitzten Gesichtern und blutunterlaufenen Augen gehen wir hinaus.

Da stehen zwei Türme aus Ziegelsteinen, im Freien, zu hoch, um unter ein Dach zu passen. Eine unerträgliche Hitze geht von ihnen aus. Ein Mann mit einer Eisenstange stößt unten dagegen, schlägt eine Art Verputz ab, bohrt tiefer. Bald darauf erscheint ein Licht, ein heller Punkt. Noch zwei Stöße, und ein Bach, ein reißender, feuriger Strom schießt heraus, folgt einem Netz von in die Erde gegrabenen Kanälen, hierhin und dorthin, fließt immer weiter. Das ist Gusseisen, flüssiges Roheisen. Man ringt nach Atem angesichts dieses fürchterlichen Flusses, man flieht und gerät in die hohen Gebäude, in denen die Lokomotiven und die großen Maschinen der Kriegsschiffe gebaut werden.

Man unterscheidet nichts mehr, weiß nicht mehr wohin, verliert den Kopf. Es ist ein Labyrinth von Kurbeln, Rädern, Riemen und Getrieben, die sich in Bewegung befinden. Auf Schritt und Tritt steht man vor einem Ungetüm, das rotglühendes oder dunkles Eisen verarbeitet. Hier sind es Sägen, die mannsdicke Platten zerteilen, dort fressen sich Bohrer in Gusseisenblöcke und durchdringen sie wie eine Nadel, die in Tuch sticht; ein anderer Apparat schneidet

plus loin, un autre appareil coupe des lamelles d'acier comme des ciseaux feraient d'une feuille de papier. Tout cela marche en même temps avec des mouvements différents, peuple fantastique de bêtes méchantes et grondantes. Et toujours on voit du feu sous les marteaux, du feu dans des fours, du feu partout, partout du feu. Et toujours un coup formidable et régulier dominant le tumulte des roues, des chaudières, des enclumes, des mécaniques de toutes sortes, fait trembler le sol. C'est le gros pilon du Creusot qui travaille.

Il est au bout d'un immense bâtiment qui en contient dix ou douze autres. Tous s'abattent de moment en moment sur un bloc incandescent qui lance une pluie d'étincelles et s'aplatit peu à peu, se roule, prend une forme courbe ou droite ou plate, selon la volonté des hommes.

Lui, le gros, il pèse cent mille kilos, et tombe, comme tomberait une montagne, sur un morceau d'acier rouge plus énorme encore que lui. À chaque choc un ouragan de feu jaillit de tous les côtés, et l'on voit diminuer d'épaisseur la masse que travaille le monstre.

Il monte et redescend sans cesse, avec une facilité gracieuse, mû par un homme qui appuie doucement sur un frêle levier; et il fait penser à ces animaux effroyables, domptés jadis par des enfants, à ce que disent les contes.

Et nous entrons dans la galerie des laminoirs. C'est un spectacle plus étrange encore. Des serpents rouges courent par terre, les uns minces comme des ficelles, les autres gros comme des câbles. On dirait ici des vers de terre démesurés, et là-bas des boas effroyables. Car ici on fait des fils de fer et là-bas les rails pour les trains.

Des hommes, les yeux couverts d'une toile métallique, les mains, les bras et les jambes enveloppés de

Stahlbleche wie eine Schere ein Blatt Papier. Das alles geschieht gleichzeitig mit verschiedenen Laufwerken, einer phantastischen Herde von bösartigen und knurrenden Tieren. Und immer wieder sieht man Feuer unter den Hämmern, Feuer in den Öfen, Feuer überall, überall Feuer. Und immer wieder lässt ein regelmäßig erfolgender gewaltiger Schlag, der den Lärm der Räder, der Kessel, der Ambosse und all der Maschinen übertönt, den Boden erzittern. Das ist der große Schmiedehammer von Le Creusot bei der Arbeit.

Er steht am Ende eines riesigen Gebäudes, das noch zehn oder zwölf weitere Hämmer enthält. Jeder saust immer wieder auf einen glühenden Block hinunter, der einen Funkenregen aussprüht und langsam dünner wird, sich rundet, eine gebogene oder gerade oder flache Form annimmt – nach dem Willen der Menschen.

Er, der große Hammer, wiegt hundert Tonnen; er fällt wie ein Gebirge auf ein Stück roten Stahls, das noch größer ist als er selbst. Bei jedem Schlag faucht ein Feuersturm nach allen Seiten, und man sieht, wie die Dicke der Masse, die das Ungetüm bearbeitet, abnimmt.

Ohne Unterlass steigt er auf und fällt wieder hinunter, mit graziöser Leichtigkeit, bewegt von einem Mann, der leicht auf einen zierlichen Hebel drückt, und erinnert an die gräßlichen Untiere, die einst von Kindern gezähmt wurden, wie es die Märchen erzählen.

Und wir treten in die Halle der Walzstraßen ein. Das ist ein noch seltsamerer Anblick. Rote Schlangen gleiten über den Boden, die einen dünn wie Bindfäden, andere dick wie Taue. Hier glaubt man überlange Regenwürmer und dort furchtbare Boas zu sehen. Denn hier werden Drähte und dort Eisenbahnschienen gemacht.

Männer mit einem Metallgeflecht vor den Augen, Hände, Arme und Beine mit Leder umhüllt, werfen das endlose

cuir, jettent dans la bouche des machines l'éternel morceau de fer ardent. La machine le saisit, le tire, l'allonge, le tire encore, le rejette, le reprend, l'amincit toujours. Lui, le fer, il se tortille comme un reptile blessé, semble lutter, mais cède, s'allonge encore, s'allonge toujours, toujours repris et toujours rejeté par la mâchoire d'acier.

Voici les rails. Impuissante à résister, la masse rougie, opaque et carrée de Bessemer s'étend sous l'effort des mécaniques et, en quelques secondes, devient un rail. Une scie géante le coupe à sa longueur exacte, et d'autres suivent sans fin, sans que rien arrête ou ralentisse le formidable travail.

Nous sortons enfin, noirs nous-mêmes comme des chauffeurs, épuisés, la vue éteinte. Et sur nos têtes s'étend le nuage épais de charbon et de fumée qui s'élève jusqu'aux hauteurs du ciel.

Oh ! quelques fleurs, une prairie, un ruisseau et de l'herbe où se coucher sans pensée et sans autre bruit autour de soi que le glissement de l'eau ou le chant du coq, au loin !

Stück glühenden Eisens in den Schlund der Maschinen. Die Maschine packt es, zieht daran, streckt es, zieht von neuem, wirft es heraus, holt es sich wieder, macht es immer dünner. Das Eisen krümmt sich wie ein verletztes Reptil, scheint sich zu wehren, gibt aber nach, wird länger, immer länger, immer wieder erfasst und ausgestoßen von dem stählernen Kiefer.

Da sind die Schienen. Ohne Widerstand bieten zu können streckt sich die rötliche, dunkle und viereckige Masse des Bessemerstahls unter dem Druck der mechanischen Kräfte und wird in wenigen Sekunden zur Schiene. Eine riesige Säge schneidet sie auf die genaue Länge, und unablässig folgen andere, ohne dass irgend etwas diese gewaltige Arbeit anhalten oder verlangsamen könnte.

Endlich kommen wir heraus, selber schwarz wie Heizer, erschöpft, mit erloschenem Blick. Und über unseren Köpfen dehnt sich die dichte Wolke von Kohle und Rauch hoch bis in den Himmel.

Ach ! Ein paar Blumen, eine Wiese, ein Bach und Gras, um sich darauf auszustrecken, ohne Gedanken und ohne ein anderes Geräusch rings umher als das Fließen des Wassers oder das Krähen eines Hahns in der Ferne !

Guy de Maupassant wurde 1850 auf Schloss Miromesnil bei Dieppe in der Normandie geboren. Er zog schon in jungen Jahren nach Paris. Als Sohn einer reichen Adelsfamilie konnte er sich – von einer nicht ernst genommenen Beamtenzeit nach kurzem Jurastudium abgesehen – ganz seinen Interessen widmen. Der Vater kümmerte sich nicht um die Familie; Erzieher war die Mutter, Lehrmeister der mit der Mutter befreundete Gustave Flaubert.

Maupassant gehörte zum Kreis um Émile Zola, zur «Gruppe von Médan». Sechs der hier verbundenen «naturalistischen» Schriftsteller gaben 1880 einen Band heraus, der je eine Novelle von ihnen enthielt. Maupassants Beitrag war *Boule-de-Suif*. Auf diese erste Veröffentlichung hin boten ihm die größten Tageszeitungen, «Le Gaulois», «Le Gil Blas», «Le Figaro» sofort lukrative Verträge an für Erzählungen von ungefähr zweihundert Zeilen, wie sie der Leser damals von seinem Blatt erwartete. Maupassant wurde, häufig unter Pseudonym, ein fleißiger Lieferant; neben Romanen (*Bel-Ami, Une Vie* u. a.) schrieb er ungefähr zweihundertfünfzig Geschichten in den zehn Jahren, die ihm bis zu den ersten syphilitischen Wahnvorstellungen (1891) und zum elenden Tod in der Irrenanstalt (1893) blieben. Erst später wurden diese Texte in Sammelbänden (z. B. *La Maison Tellier, Les Contes de la Bécasse, Mademoiselle Fifi*) zusammengefasst.

Wichtige Aspekte im Schaffen Maupassants, das sich durch literarhistorische Begriffe so schwer charakterisieren lässt (manche denken an die Freundschaft mit Flaubert und sprechen von «Realismus», andere bewerten den Einfluss Zolas höher und meinen die Sache mit «Naturalismus» zu treffen), klingen in dieser Auswahl zumindest an: *Le gâteau* (1882) führt in die ironisch dargestellte Salonwelt des Fin de siècle. Die Frauengestalt in *La relique* (1882) ist noch das grundsätzlich nicht ernstzunehmende Wesen, an

dem man indessen aus vielen – stets sarkastisch zu betrachtenden – Gründen leiden kann. In *Regret* (1883) und *Au bois* (1886) hingegen sind die Frauen deutlich den Männern überlegen. Eine Ahnung davon beschleicht den Helden der späten Erzählung *Les tombales* (1891). *Le testament* (1882) mit autobiographischen Anspielungen spiegelt die enge Bindung Maupassants an seine Mutter. *À cheval* (1883) stellt die vom Autor oft geschilderte ausweglose Lage gegenüber einem Schicksalsschlag in einer Zeit ohne «soziales Netz» dar. Ein Schicksalsschlag ganz anderer Art ist der Grund für das Scheitern eines Lebens in der Titelgeschichte dieses Buches *Garçon, un bock!* (1884). Der Krieg von 1870/71, der etliche Novellen Maupassants beherrscht, ist in *Un coup d'état* (1883) der Hintergrund für eine lustige Geschichte aus einem Landstädtchen, in der Maupassants Verachtung für die Philister besonders deutlich wird. Mit *Le baptême* (1884) und *Le petit fût* (1884) sind die vielen Bauerngeschichten aus der Normandie vertreten, der geliebten Heimat des Autors, die ihm doch nicht den Blick verstellt für die brutale Selbstsucht der Menschen. *Le Creusot* schließlich fällt heraus: der Text, 1883 an Stelle einer Erzählung in «Le Gil Blas» veröffentlicht, zeigt Maupassants Interesse an der neuen Welt: ein wirklich «naturalistisches» Bild, wie es sich dem Nichttechniker bot.

Vielleicht sollte man die Geschichten vorlesen oder sich zumindest so vorgelesen denken, wie sie im neunzehnten Jahrhundert ohne Massenmedien häufig konsumiert wurden. Die Rahmenhandlung vieler Texte jener Zeit, dass nämlich einer ein hörenswertes Vorkommnis erzählt, aufgefundene Briefe zur Kenntnis gibt oder eine Lebensbeichte ablegt, ist ja kein bloßer Kunstgriff, sondern auch das Zeugnis für ein heftiges Bedürfnis nach Mitteilung, Belehrung und Unterhaltung aus erster und zweiter Hand.

Dies ist ein Band der Reihe dtv zweisprachig, Edition Langewiesche-Brandt, die englische, französische, italienische, spanische, portugiesische, russische, türkische, lateinische Texte mit deutscher Übersetzung in Paralleldruck bringt.

Ein ausführliches Verzeichnis aller Titel wird auf Wunsch zugesandt. Deutscher Taschenbuch Verlag, Friedrichstraße 1a, 80801 München

Auf den folgenden beiden Doppelseiten finden sich je ein Textauszug aus einem anderen Buch dieser Reihe, das neun Sozialreportagen von Émile Zola unter dem Titel: «Wie man heiratet und wie man stirbt» (dtv 9393) enthält.

Jules a connu autrefois Marguerite, quand elle était enfant : les deux familles passaient l'été à la campagne, du côté de Fontainebleau, et voisinaient. Marguerite a déjà vingt-cinq ans. Mais, bon Dieu ! qu'il la trouve enlaidie lorsqu'il la revoit. Elle n'a jamais été belle, sans doute ; elle était autrefois noire comme une jeune taupe ; seulement, elle est devenue presque bossue et elle a un œil plus grand que l'autre. Au demeurant, la plus aimable fille du monde, très spirituelle, dit-on, et d'une exigence extraordinaire sur les qualités qu'elle exige d'un homme ; elle a refusé les plus beaux partis, ce qui explique comment elle est restée fille si tard, avec son million. Lorsque Jules la quitte, après la première rencontre, il la déclare tout à fait bien ; elle s'habille à ravir, parle de tout avec un aplomb superbe, paraît femme à tenir supérieurement un salon, en Parisienne à qui sa laideur donne, simplement, une pointe d'originalité. Puis, en vérité, une fille de douze cent mille francs peut se permettre d'être laide.

Les choses sont, dès lors, conduites fort rondement. Les fiancés ne sont pas gens à s'attarder aux bagatelles de la porte. L'un et l'autre savent parfaitement quel marché ils concluent. D'un sourire, ils se sont compris. Marguerite a été élevée dans un pensionnat aristocratique ; elle avait perdu sa mère à sept ans, et son père n'a pu veiller sur son éducation. Elle est donc restée en pension jusqu'à dix-sept ans, apprenant tout ce qu'une jeune fille riche ne peut ignorer, la musique, la danse, les belles manières, même un peu de grammaire, d'histoire et d'arithmétique.

Jules hat Marguerite einmal gesehen, als sie noch ein Kind war: beide Familien verbrachten den Sommer bei Fontainebleau auf dem Land und verkehrten als Nachbarn. Jetzt ist sie schon fünfundzwanzig Jahre alt. Gütiger Gott, wie hässlich kommt sie ihm vor, als er sie wiedersieht! Gewiss, eine Schönheit ist sie nie gewesen; früher war sie schwarz wie ein junger Maulwurf. Aber jetzt hat sie beinahe einen Buckel, und ihr eines Auge ist größer als das andere. Ansonsten ist sie eine äußerst liebenswürdige Person; man sagt ihr nach, sie sei sehr geistreich und ungemein anspruchsvoll hinsichtlich der Befähigungen, die sie von einem Mann erwartet. Sie hat die besten Partien ausgeschlagen, was auch erklärt, warum sie trotz ihrer Million so lange unverheiratet geblieben ist. Als Jules sie nach der ersten Begegnung verlässt, erklärt er, sie sei genau die Richtige. Sie kleidet sich hinreißend, spricht mit bewundernswerter Sicherheit über jeden Gegenstand, scheint ganz die Frau zu sein, die – als echte Pariserin, der gerade ihre Hässlichkeit das Tüpfelchen Originalität gibt – souverän einen Salon führen zu können scheint. Außerdem kann ein Mädchen mit zwölfhunderttausend Franken es sich durchaus erlauben, hässlich zu sein.

Jetzt werden die Dinge zielstrebig vorangetrieben. Die Brautleute sind nicht so geartet, dass sie sich lange bei den Präliminarien aufhalten. Beide wissen sehr genau, was für ein Geschäft sie da abschließen. Mit einem Lächeln haben sie sich verstanden. Marguerite ist in einem adeligen Pensionat aufgewachsen; mit sieben Jahren hatte sie ihre Mutter verloren, und ihr Vater konnte sich nicht um ihre Erziehung kümmern. So ist sie im Internat geblieben, bis sie siebzehn war, und hat dort alles gelernt, was ein reiches Mädchen unbedingt mitbekommen muss: Musik, Tanz, gute Manieren, ja sogar ein wenig Grammatik, Geschichte und Rechnen.

L'année dernière, il était encore plus vigoureux que ses fils, il réservait pour lui les grosses besognes, silencieux dans son champ, qui semblait le connaître et trembler. Mais, un jour, voici deux mois, ses membres ont craqué tout d'un coup; et il est resté deux heures en travers d'un sillon, ainsi qu'un tronc abattu. Le lendemain, il a voulu se remettre au travail; seulement, ses bras s'en étaient allés, la terre ne lui obéissait plus. Ses fils hochent la tête. Sa fille tâche de le retenir à la maison. Il s'obstine, et on le fait accompagner par Jacquinet, pour que l'enfant crie, si le grand-père tombe.

– Que fais-tu là, paresseux? demande Jean-Louis au gamin, qui ne le quitte pas. À ton âge, je gagnais mon pain.

– Grand-père, je vous garde, répond l'enfant.

Ce mot donne une secousse au vieillard. Il n'ajoute rien. Le soir, il se couche et ne se relève plus. Quand les fils et la fille vont aux champs, le lendemain, ils entrent voir le père, qu'ils n'enten-dent pas remuer. Ils le trouvent étendu sur son lit, les yeux ouverts, avec un air de réfléchir. Il a la peau si dure et si tannée, qu'on ne peut pas savoir seulement la couleur de sa maladie.

– Eh bien? père, ça ne va donc pas?

Il grogne, il dit non de la tête.

– Alors, vous ne venez pas, nous partons sans vous?

Oui, il leur fait signe de partir sans lui. On a commencé la moisson, tous les bras sont nécessaires. Peut-être bien que, si l'on perdait une matinée, un orage brusque emporterait les gerbes. Jaquinet lui-même suit sa mère et ses oncles. Le père Lacour reste seul.

Noch letztes Jahr hatte er mehr Kraft als seine Söhne, übernahm die schwere Arbeit und schuftete schweigend auf seiner Scholle, die ihn zu kennen und vor ihm zu zittern schien. Aber eines Tages, vor zwei Monaten, gaben seine Glieder plötzlich nach; zwei Stunden lag er quer über einer Furche wie ein gefällter Stamm. Am Tag darauf wollte er sich wieder an die Arbeit machen, aber es ging nicht, seine Arme waren zu nichts mehr gut, die Erde gehorchte ihm nicht mehr. Die Söhne schütteln den Kopf, seine Tochter versucht ihn im Haus zu halten. Er versteift sich darauf, und so gibt man ihm Jacquinet zur Begleitung mit; das Kind soll rufen, wenn Großvater hinfällt.

«Was machst du da, du Faulpelz?» fragt Jean-Louis den Jungen, der ihm nicht von den Fersen weicht. «In deinem Alter habe ich mir schon mein Brot verdient.»

«Ich muss dich hüten, Großvater», erwidert das Kind.

Dieses Wort durchzuckt den alten Mann. Er sagt nichts weiter. Aber am Abend legt er sich hin und steht nicht mehr auf. Als Söhne und Tochter am anderen Tag aufs Feld gehen, schauen sie zum Vater hinein, hören aber nicht, dass er sich bewegt. Sie finden ihn mit offenen Augen und nachdenklicher Miene auf dem Bett liegen. Seine Haut ist so hart und gegerbt, dass man an der Gesichtsfarbe nicht einmal sehen kann, ob er krank ist.

«Na, Vater, geht's nicht gut?»

Er brummelt etwas, schüttelt verneinend den Kopf.

«Dann kommst du nicht mit? Sollen wir ohne dich gehen?»

Ja, er macht ihnen ein Zeichen, sie sollen ohne ihn gehen. Die Ernte hat begonnen, jeder Arm wird gebraucht. Vielleicht verdirbt ein plötzliches Gewitter die Garben, wenn man einen Vormittag verliert. Sogar Jacquinet folgt seiner Mutter und seinen Onkeln. Vater Lacour bleibt allein.